悟道德2

易烊楓燧大師兄 著

七大篇章，帶你掌握《道德經》核心智慧。

序

我的道緣——梁思浩

我相信緣份，剛開始同大師兄嘅關係，只係主持人同參賽者，由於節目嘅公平關係，所以只係點頭之交，亦都冇太大嘅溝通！

從點頭之交成為節目嘅拍檔！

一切都係緣！

我選擇朋友選擇拍檔，首先要睇對方嘅三觀，我同大師兄嘅三觀正合。

從佢身上學習到道家嘅思維，亦都開拓咗自己嘅宏觀世界！

睇佢第一部嘅作品，直至到而家嘅新書！

希望你哋同我一樣，從道家領略到自己人生嘅康莊大道。

一起「道」緣吧。

目錄

序言……06
引子……10
第一章「反者道之動」：危機中的轉機密碼……20
第二章「弱者道之用」：以柔克剛的生存美學……42
第三章「無為」不是躺平：順應規律的高級生存術……68

悟道德2

第四章 儒道互補：中國人的精神太極圖……88

第五章 自知之明：道家的為人處事之道……122

第六章 「有」與「無」的辯證：空杯心態的力量……142

第七章 不可說的「道」：在生活中體悟玄之又玄……166

後記 道家智慧照亮生命的迷途……192

序言

自拙作《悟道德：陽明心學》出版後，多得各位讀者捧場，能在茫茫書海中激起一點漣漪，真的很感恩！和讀者交流時，我深深感覺到，在這個紛亂又忙碌的現代生活裏，大家都在找尋心靈的「安樂窩」，而傳統經典智慧就像一盞指路明燈，照亮我們前行的路。

如今，延續「悟道德」這個系列，我把焦點放到《道德經》上。希望這本新書，能帶大家走進老子的思想世界，從中「偷師」，學到實用的智慧。《道德經》雖然只有短短五千字，但每個字都「含金量」十足，蘊藏著跨越千年的深刻哲思。不過，很多人一看到這些經典，就覺得「壓力山大」，不知道該從哪裏開始看起。

為了解決這個煩惱，我精心挑選了七個核心篇章。從「反者道之動」的辯證思維，到「弱者道之用」以柔克剛的妙計；從常被誤解的「無為」真正意思，再到「道」與「名」的哲學討論，我會用貼近生活的語言，搭配有趣的例子，把這些抽象概念「拆解」開來，讓老子的智慧變得平易近人、容易理解。

在這本書裏，我不會逐字逐句講解《道德經》，而是想透過這幾篇文章，給大家打開一扇窗。窗外，是《道德經》無邊無際的思想天地；窗內，就是我們的日常生活。我盡力把老子的智慧和職場打拼、家庭相處、個人成長等生活場景結合起來，讓大家知道，這些古老智慧不是難懂的「天書」，而是能幫我們解決生活難題的「實用攻略」。

每篇探討完畢，都會附上「落地指南」，提供一些實際可行的方法。我還會深入分析儒、道、佛的異同和互補之處，幫助大家在多元的思想體系中，找到最適合自己的「精神定位」。這本書就像一把入門鑰匙，或許不能讓你馬上領悟《道德經》的所有奧秘，但我真心希望，它能點燃你對這部經典的興趣，引發你的思考，讓你有勇氣去翻開《道德經》原文，親自探索那八十一章裏的智慧寶藏。

《道德經》的智慧從不屬於過去，而始終照見當下、啟迪未來。它不是高踞學術聖壇的研究對象，而是能陪伴我們化解生活煩憂、照亮人生迷航的「心靈摯友」。誠摯期待這本書成為您探索《道德經》的起點，讓老子的深邃智慧在當代生活中

悟道德2

綻放新生，於日常點滴間煥發出跨越時空的思想光芒。

希望各位讀者在閱讀這本書的過程中有所收穫，在往後的閱讀和生活中，能持續和《道德經》「對話」，找到屬於自己的答案。

易烊楓燧
大師兄

引子

《道德經》智慧入門：從核心篇章開啟哲學與生活的對話

一、現代人為何要讀《道德經》？

兩千多年前，一位騎著青牛的老者於函谷關留下五千言，從此為中華文明埋下一顆「道」的種子。如今，我們在鋼筋水泥的叢林裡奔忙，在資訊爆炸中焦慮，卻發現老子的智慧如同一面鏡子，映照出生活的本質：

- 當職場內捲到令人窒息，「無為而無不為」提醒我們：真正的力量藏在「不盲目行事」的從容之中；

- 當成功學讓人迷失方向，「反者道之動」揭示：巔峰與低谷本是循環往復，盛極必衰的辯證哲理蘊含著生存智慧；
- 當人際關係陷入對立，「弱者道之用」啟示：柔軟並非軟弱，而是像水一樣包容萬物的強者哲學。

《道德經》並非古董，而是一把解開現代困境的鑰匙。這七篇文章，正是帶你握住這把鑰匙的入門指南。

二、七篇文章，帶你掌握《道德經》的核心智慧

第一章「反者道之動」：危機中的轉機密碼

- 「福禍相依」並非心靈雞湯，而是真實的生存規律：
- 歷史印證：疫情迫使線下企業轉型線上，看似危機，卻催生出新的商業模式；

● 個人成長：失業可能是重新發現興趣的契機，離婚可能是擺脱錯誤關係的出口。老子說「物壯則老」，盛極必衰，但衰極亦必盛，關鍵在於低谷時相信「道」的循環。

第二章「弱者道之用」：以柔克剛的生存美學

● 水的智慧，顛覆了我們對「強」的認知：

● 人際關係：吵架時不爭辯對錯，傾聽對方情緒（「弱」），反而能化解矛盾；

● 職場哲學：新人不急於表現「強」，而是像水一樣融入團隊（「弱」），反而能獲得更多機會；

● 大國智慧：中國「一帶一路」的包容合作，不正是「善利萬物而不爭」的現代詮釋？

第三章「無為」不是躺平：順應規律的高級生存術

- 最容易被誤解的「無為」，其實是「不妄為」：
- 職場應用：當企業陷入危機，強行「搶救」不如「無為」——退一步觀察問題本質，反而能找到轉機（如某企業暫停擴張，聚焦核心用戶後重生）。
- 育兒啟示：過度管控孩子的「為」，不如「無為」培養自主性。就像園丁不強行修剪枝葉，而是提供陽光雨露，讓樹苗自然生長。

第四章 儒道互補：中國人的精神太極圖

- 儒家如太陽，道家如月亮，缺一不可：
- 進取時讀儒家：「修身齊家治國平天下」讓我們有擔當；
- 迷茫時讀道家：「順應自然」讓我們放下焦慮，找回內心秩序。

- 現代人的平衡術：白天在職場以「儒家」模式奮鬥，夜晚用道家「無為」放鬆，才是健康的生存節奏。

第五章 自知之明：超越自我的生命境界

- 老子認為自知之明：為人處事的起點
- 道家「以道修身、以道處世」的完整體系，其終極指向是引導人們超越世俗紛爭，在對自我與天道的深刻體認中實現生命的圓滿與永恆。
- 命理學中「富室窮人」的格局恰印證了這一點——若精神承載力不足，再多財富也無法帶來真正的富足，這種智慧引導人們從外求轉向內省，在簡約生活中體會生命的自在。

第六章「有」與「無」的辯證：空杯心態的力量

- 「有無相生」的智慧，藏在最日常的事物裡：

悟道德2

- 案例：杯子的價值不在杯身，而在中空的「無」；企業的創新力不在KPI，而在允許試錯的「無」（留白空間）。
- 思維轉變：現代人總怕「無」，拚命用「有」填滿生活（比如囤貨、刷手機），卻忘了「無」才是成長的起點。就像電腦定期清理緩存才能運行更快，人生也要學會刪繁就簡。

第七章 不可說的「道」：在生活中體悟玄之又玄

- 老子說「玄之又玄，眾妙之門」，不是故弄玄虛，而是提醒：
- 道在日常：陪父母吃飯的溫馨、看雲卷雲舒的閒適、幫陌生人扶一把的善意，都是「道」的顯現；
- 放下定義：別追問「道是什麼」，而是用心感受——就像喝茶時不必分析茶葉成分，只需體會茶香在舌尖的流動。

三、這本書的使命：做你讀《道德經》的「墊腳石」

市面上解讀《道德經》的書籍眾多，但這本書有三個特別之處：

- 不咬文嚼字，只講實用語言：用職場、家庭、個人成長的案例，讓兩千年前的智慧照進現代生活；
- 不灌輸心靈雞湯，只提供實用方法：每講一個概念，都附「落地指南」，比如「如何用『無為』應對焦慮？」「怎麼用『反者道之動』規劃人生？」；
- 不厚此薄彼，講透互補關係：告訴你儒家、道家、佛家的區別與互補之處，幫你找到適合自己的精神坐標系。

我們的目標很簡單：讀完這七篇，你不再覺得《道德經》是天書，而是能主動翻開原文，從第一章讀到第八十一章，在老子的智慧裡找到屬於自己的答案。

四、寫給讀者的話：道不遠人，就在你身邊

曾有人問：「學習《道德經》能讓我發財嗎？」我的回答是：「不能，但能讓你知道，比發財更重要的東西是什麼。」

這個時代不缺成功學，缺的是「知止」的智慧；不缺焦慮解藥，缺的是「與焦慮共處」的從容。《道德經》不是速效藥，而是一顆種子，種在心裡，慢慢生根發芽，終有一天會讓你看見：

原來最高明的生存之道，不是向外爭奪，而是向內生長；不是掌控一切，而是與世界溫柔共處。

現在，合上書，問問自己：「我準備好，用老子的眼睛看世界了嗎？」

如果答案是肯定的，那麼翻開《道德經》的任意一頁，開始你的探索吧——道，就在你翻開書頁的指尖，在你呼吸的每一口空氣裡，在你此刻的起心動念中。

願這本書成為你的「道」途起點，從此讀懂經典，更讀懂生活。

悟道德2

悟道德2

第一章

「反者道之動」：危機中的轉機密碼

反者道動，萬物循跡

世間萬物，其實都遵循著道家的兩大「核心法則」：其一，沒有任何事物是永遠一成不變的；其二，這些變化並非隨機亂序，而是有跡可循，彷彿存在著隱形的運行邏輯，這便是「道之動」。這裡的「動」，絕非毫無章法的胡亂變化，而是依循特定規則，所有的演變都在「道之動」的指引下，井然有序地展開。那麼，「道」究竟如何推動事物發生改變？答案可以用一個字概括——「反」，也就是走向反面，這背後蘊含的思想，實在精妙無比。然而，總有些人不願遵循「道」的規律，偏離正道，最終引發各種麻煩。

愛恨相倚，婚戀昇華

為什麼有些人的婚姻之路總是坎坷不順？從本質上來說，是因

悟道德2

為他們未能完成一場至關重要的「情感升級」——將起初熾熱的愛情，昇華為更深層次的親情，這才是真正的「恩愛」。若天真地以為婚姻只是愛情的簡單延續，無疑過於理想化。恩愛不僅包含花前月下、甜蜜浪漫，也會有爭吵拌嘴。但這些爭吵中，往往蘊含著濃濃的關懷與依戀。就像那句嬌嗔的「你這個俏冤家」，或是生氣時說出的「你這個殺千刀的」，字裡行間滿是在意，是那種難以割捨的糾葛，這正是恩愛獨有的味道。

愛與恨，恰似一枚銅錢的正反兩面，看似對立，實則相通。別盲目羨慕那些表面上平靜無波、完美無瑕的婚姻，這樣的婚姻或許並不真實，甚至可以說並不完整。曾讀過一篇頗具趣味的文章：文中有位老爺子，每天雷打不動地前往街角小酒館喝酒，他穿著隨意、不修邊幅。酒館裡有位性格直爽、脾氣火爆的女服務員，每次見到老爺子這副模樣，都忍不住出言勸說，讓他注意形象。

而老爺子從不惱怒，總是笑著買酒暢飲。日子就這樣一天天過去。有一天，老爺子照常來到酒館，卻發現女服務員不見蹤影。他頓時焦急萬分，拉著老闆追問：「她去哪兒了？怎麼不來了？」老闆解釋她因家中有事無法上班。看到老爺子失落的神情，老闆十分驚訝，問道：「你為啥這麼想見她？她每次見到你不都要說你幾句嗎？」老爺子歎了口氣，緩緩說道：「我老伴兒，就這樣說了我一輩子。她走了以後，再也沒人這樣說我了。直到在這兒，又聽到相似的話，我心裡才覺得踏實、溫暖。」

從這個故事不難看出，他喜愛的是女性出自真心關懷的「責備」。女服務員的勸說，本質上是希望他能整潔些，是一種關心；他的老伴兒數十年來，也是用這樣的方式表達愛意。當這種特殊的關心突然消失，他便覺得生活缺了重要的一塊，內心空蕩蕩的。所以，在婚姻中過分糾結形式上的夫妻平等，意義並不大。這背後的故事與哲理，在家庭生活這一領域，將「反者道之動」的深刻道理展現得淋漓盡致。

朋友們，盡早領悟這個道理至關重要！婚姻並非愛情的簡單延伸或無限放大，而是要將「愛情的美好」昇華為「恩愛」，這是人生難得且珍貴的體驗。有些人始終無法完成從愛情到恩愛的轉變，只能不斷尋找新的戀情，總覺得下一個會更好。其實，是他們缺少將真摯愛情轉化為長久恩愛的能力，不得不說這是一種遺憾。

道動順逆，人生進退

人生在世，應盡可能體驗各種基本價值，如此方能讓人生更加圓滿。

少年時期，理應專心求學，盡情汲取知識；青年時期，就該勇於拼搏，不怕吃苦受累。在成長的道路上，難免會在紛繁複雜的社會中遭遇挫折、摔跟頭、吃虧上當。但這些經歷會使人逐漸清醒，開始反思。經歷種種磨難後，便會逐漸靠近「四十不惑」的境界。到了適合的年齡，順其自然地結婚生子，從佛家的觀點來看，這皆是緣分。孩子不一定要功成名就，即便平凡普通，也是獨一無二的「親情之緣」。作為父母，應當好好珍惜這份緣分，體驗其中的喜怒哀樂。不太認同當下部分年輕人盲目奉行的「三不主義」；當然，也能理解他們面臨的現實困境，尤其是高房價帶來的巨大壓力，但選擇不結婚、不買房、不生子，或許會給人生留下缺憾。畢竟，完整的人生需要多種角色體驗：既做過兒女，也嘗試做父母；品嘗過愛情的酸甜苦辣，也擁有相濡以沫的恩愛，這樣的人生才更豐富多彩。

悟道德2

人們常常會偏離正道，不願遵循「道之動」的自然規律。一旦背離，生活便容易陷入混亂，麻煩接踵而至。道家將愛情視為「情緣」，婚姻視為「婚緣」。從短暫熾熱的情緣成功轉化為長久深厚的婚緣，本就是極其美好的過程。夫妻間的感情從最初的愛情逐漸發展，背後正是「反者道之動」的道理在發揮作用。若能掌握這一規律，面對生活中的變化與困難時，便能更加從容不迫。許多夫妻婚後矛盾不斷，往往是因為突然要面對柴米油鹽的瑣事，以及兩個家庭的責任與期望，同時發現對方並非理想中的完美伴侶。究其本質，是因為他們沒有順應「道之動」的規律，無端自擾，正如俗話所說「天下本無事，庸人自擾之」，而這個「庸」字，指的就是缺乏看透事物發展規律的智慧。

陰陽互化，道論精髓

想要培養這種智慧，首先要理解道家的辯證思想。辯證法強調對立的雙方可以相互轉化，反對非此即彼的二元對立思維。《道德經》第一章便為道家思想奠定了宏大的格局：「道可道，非常道。」「名可名，非常名。」最終歸於「玄之又玄，眾妙之門」。在其餘章節中，第四十章尤為關鍵，短短四句話，前兩句「反者道之動」「弱者道之用」更是重中之重。若能深刻領悟第四十章的內涵，再閱讀《道德經》其他章節便會更加順暢。「反者道之動」的核心在於「反」，「弱者道之用」的核心在於「弱」。

天地萬物始終處於不斷的變化之中，中國古代先秦時期的儒家和道家哲學思想都強調這一點。儒道思想共同源於《易經》，「易」字至少包含兩層含義：一是變化（change），二是生成（becoming）。

悟道德2

僅從書名來看，「易」字便奠定了中國哲學最基本的宇宙觀。中國哲學不探究宇宙萬物的實體性存在，不像西方哲學那樣尋找原子、基本粒子、誇克等基本實體。西方哲學自古希臘德謨克利特等人形成原子論，認為世界由不變的基本實體構成，事物的變化源於實體不同的組合與排列方式，西方物理學便是基於此不斷探索，其背後是實體宇宙觀；而中國哲學則將變化本身視為宇宙的根本，認為永不停息的變化才是最根本的真實。

儒家和道家對宇宙的根本認識都深深植根於《易經》，核心在於強調永恆的變化與生成，形成生生不息的宇宙觀。那麼，「道」與這永恆的變化是何關係？其實，變化就是「道」推動事物運行的體現，「道之動」便是「道」驅使萬物發生變遷，讓事物在不同階段呈現不同狀態。天道不僅展現了時間的流轉，也決定了萬事萬物的生命週期，無論是有生命的植物、動物，還是社會、時代，皆有生老病死、興衰更替。

福禍相伏，循道之徵

「道」推動事物變化，並非隨機混亂，而是遵循一個不變的法則——「反」，即世界上所有事物的變化，都是自己走向自己的反面，且這種走向是事物內在的必然趨勢，由「道」所決定。如果問老子如何得知這一規律，又能否論證，老子或許會說：這無法論證，我觀察世界，發現萬事萬物皆是如此，我所說的便是我親眼所見，信與不信，全在個人。這恰恰觸及哲學的本質，偉大的哲學思想既非單純的經驗總結，也不是邏輯推演的產物，先哲們往往具有洞察宇宙人生奧秘的獨特能力。而現代人因知識繁多、文明複雜精緻，反而難以擁有古人那般清澈的眼光。所以老子看到「反者道之動」，並堅信一切事物都會走向自己的反面，這是「道」支配下的必然規律。

悟道德2

沒讀過《道德經》的人，可能也聽說過這句話：「禍兮，福之所倚；福兮，禍之所伏。孰知其極？」這裡的「極」可以有兩種理解：一是「標準」，即誰又能知道什麼是福，什麼是禍呢？二是「盡頭」，即這樣的福禍轉換會有盡頭嗎？若沒有盡頭，福禍就會一直轉化下去。

無論採用哪種解釋，核心意思都大致相同。即便取第一種「標準」的意思，也是如此。福和禍之間，真的能清晰劃分嗎？你以為的福，也許正潛藏著禍患；你以為的禍，未來的福澤或許正基於此。

在當今複雜競爭的社會中，我們漸漸疏離了這份智慧。不知不覺間，我們將某些事情視為確定無疑的「福」，將另一些事情認定為必然的「禍」。但事實果真如此嗎？

若有人聲稱不相信福禍相依、相互轉化，老子或許會淡然回應：不信也無妨，這是因為你對歷史瞭解不足。作為史官，老子見證了無數朝代的興衰榮辱、福禍更迭，比如武王伐紂、蚩尤與黃帝大戰等重大歷史事件。年長者向年輕人傳授這一哲理時，年輕人往往心存懷疑。當年輕人興奮地宣告自己獲得了求之不得的「福」時，老子便會搖頭勸誡「福兮，禍之所伏」；而當年輕人陷入困境抱怨「禍」時，老子又會提醒「禍兮，福之所倚」，這時年輕人難免在心底質疑老子是否老糊塗了。

東西異質，哲思同源

對比中國思想史與西方思想史，會發現一個有趣現象：歐洲民族似乎始終保持著「少年和青年」般的銳氣與探索精神；中華民族的歷史雖開啟時間不算漫長，卻早早呈現出「中年和老年」的成熟姿態，言談間皆是蘊含深刻智慧的格言。這些格言常被年輕人視為老生常談，西方民族則往往要經歷種種波折——從資本主義興起、科學技術進步，到兩次世界大戰的慘痛洗禮，才逐漸領悟其中奧妙，甚至在讀完《道德經》後，才驚覺老祖宗早已看透世事。

道家思想賦予了中華民族獨特的精神優勢。正因深信「反者道之動」，即便在最黑暗絕望的時刻，中國人也始終相信曙光在前。以抗日戰爭為例，無論是八年抗戰之說，還是十四年抗戰之論，這段歷程漫長而艱苦，但中華民族從未被擊垮，因為我們從骨子裏堅信黑夜終有盡頭，光明就在前方。

「反者道之動」還塑造了中華民族另一種寶貴品格：即便處於成功巔峰，依然保持警惕與清醒。因為深知事物發展到極致便可能走向反面，就像水滿則溢、月盈則虧。這種居安思危的意識，正是源自「反者道之動」的智慧，而這恰恰是歐洲人在很長一段時間未能深刻領悟的。他們一味追求更好、更更好，最終也親身體驗到了「反者道之動」的威力。

古今通貫，道用圓融

《道德經》中有言：「富貴而驕，自遺其咎。」一個人一旦富貴，就容易滋生傲慢，覺得自己高人一等，而這種傲慢的態度

悟道德2

無異於自種禍根。現實中，少數中國富豪深諳此道，即便擁有幾十億資產，依舊行事低調，甚至選擇乘坐地鐵、公交出行；然而大多數人卻未能領會其中智慧。「深藏不露」「不炫富」是中國傳統智慧的重要組成部分，曾深深影響了幾代人。

談及此，有三句話頗具深意：儒家教人能拿得起，佛家教人放得下，道家教人想得開。道家想得開的境界似乎高於各家。道家認為，佛家所謂的「放得下」其實存在矛盾，人從未真正擁有過什麼，又談何放下呢？

以情感為例，道家認為相愛的兩人並非彼此佔有，而是共同擁有「愛」，這份「愛」超越個人，與「道」相通，人無法真正「擁有」道，只能順應歸屬於它。因此，若要真正從失戀的痛苦中解脫，需要借鑒中華傳統思想，放下「曾經擁有」的執念，否則即便明白道理，內心也難以釋懷。

婚姻也是同樣的道理。夫妻之間並非誰附屬於誰，而是共同歸屬於「共命運的恩愛」。當下社會中，無論「大男子主義」還是「大女子主義」，都有失偏頗。以粵語方言中的「事頭婆」為例，它雖然近似英文「housewife」，但強調了女性在家中的主導地位。然而，中國男人願意聽從妻子，並非懼怕或真的甘居下風，而是為了維護家庭和諧、珍惜來之不易的緣分，這恰恰暗合了佛家思想。

紅樓鏡鑒，功退為智

道家主張建功立業後要懂得及時退下。《紅樓夢》中的王熙鳳聰明能幹，卻因不懂得「功遂身退」而落得淒慘下場。第五十六回，王熙鳳生病，王夫人請探春暫時管家。探春大刀闊斧改革，

悟道德2

平兒在新舊主子間巧妙周旋。此時的王熙鳳其實已無意與探春競爭，反而對探春的幫助心存感激，可惜她早已騎虎難下。即便探春推行「聯產承包責任制」等改革措施，也無法挽回日漸衰落的榮國府。正如寶釵所歎「可惜遲了」，王熙鳳正是因為缺乏道家智慧，最終無法收場。由此可見，《道德經》中的智慧從小就值得接觸。即便年幼時難以理解，那些如詩般的句子，也能在不知不覺中影響我們，待人生遇見關鍵時刻，便能領悟其中真諦，明白何時該退。

陰陽養生，和疾共生

「反者道之動，弱者道之用」這兩句話，可不單單是工作生活的「生存指南」，對長者養生來講，更是一本至關重要的「健康寶典」！在道家的觀念裡，世上根本就不存在「零瑕疵的健康狀態」。現今人們習慣以西方醫學的體檢標準為準，又是驗血又是驗尿，一旦發現指標有丁點偏差，就覺得自己周身是病，從此被各種禁忌和限制牢牢「綁架」。可尷尬的是，即便如此小心翼翼，下次體檢問題依舊擺在那兒，甚至還可能增多。其實這裡面犯了兩個致命錯誤：其一，人體健康本就無法達到完美無缺的境界；其二，拿衡量年輕人的標準硬套在長者身上，實在不合適，畢竟衰老乃自然規律，任誰都無法逆轉。

若以道家思想重新詮釋健康，真正的健康應該是「與疾病和平共處的能力」。這並非鼓勵大家忽視疾病，要是疾病嚴重威脅生命，當然要及時求醫。但在日常生活中，要是吃得香、睡得好、行動自如，真的不必過度焦慮，何必執著追求那種百病不侵的「神仙模式」呢？

心學互濟，包容長久

說到養生，就不得不提儒家的養心之道。王陽明教學時，也總把養心的重要性掛在嘴邊。若能將王陽明的心學智慧與老子的道家智慧巧妙「混搭」，我們對健康便會有煥然一新的認識。無論是身體健康，還是其他事物，懂得包容對立面，纔是長久之道。

這套智慧同樣適用於社會制度。以資本主義為例，若想持續發展，就必須接納其「對手」——社會主義的部分元素。事實上，這些元素早已在資本主義體系中慢慢「落地生根」。而包容的具體方式，體現在稅收和福利制度上。政府將納稅人上交的款項用於構建全民福利體系，保障失業人士等群體的基本生活。這乍看似乎違背純粹的資本主義原則，實則是資本主義為緩解內部矛盾、延續自身命脈，主動吸納社會主義元素的表現。那些固執己見、拒絕包容的「原始資本主義」，往往因矛盾無法調和而迅速「熄火」；而善於包容的資本主義則能長盛不衰，這正是「反者道之動」的體現——學會與對立面共存，避免走極端。

示弱藏鋒，大智若愚

道家倡導的「裝傻充愣」，並非虛偽，而是蘊含著大智慧。真正的強者往往懂得適時示弱，就像看似柔弱的水，卻能滴水穿石。在「天道」面前，與其耍小聰明，不如「大智若愚」，如此方能避開是非紛擾，活得自在從容。

「退讓」、「圓融」、「裝傻」的本質，都是順應「道」，以實現「明哲保身」。有人誤以為道家思想是消極避世，這其實是對道家的天大誤解。道家追求的是看透世間紛擾後，依然能活得瀟脫

悟道德2

通透，不被虛名浮利和人為規矩束縛。

歷史上，真正懂得「功成身退」的人屈指可數。范蠡輔佐勾踐復國後，便隱姓埋名，攜西施泛舟五湖，化身陶朱公富甲一方；張良幫助劉邦成就大業後，選擇修道隱退，留下「願棄人間事，欲從赤松子遊耳」的灑脫之言。他們深知功名利祿如過眼雲煙，及時放手，換來自在人生。而那些沉溺於往日功勞、不願退讓的人，往往難逃「狡兔死，走狗烹；高鳥盡，良弓藏」的淒慘下場。

可見，道家教人「退」、「圓通」、「裝傻」，皆是實用至極的生存智慧，蘊含著對人生的深刻洞見，值得我們細細品味並運用於生活之中。

▲悟危機轉機之道，破局重生。

悟道德2

第二章

「弱者道之用」：以柔克剛的生存美學

水喻明道，弱者為本

我們這一章繼續聊聊道家的辯證思想。說到辯證思想，最關鍵的莫過於《道德經》第四十章，當中有兩句話可謂核心。第一句「反者道之動」，上一章已經詳細講過了：萬物的變化就是「道之動」，而這種變化的根本法則，一個「反」字就概括得明明白白。

現在，我們把目光聚焦到第四十章的另一句話——「弱者道之用」。在萬物變化的過程中，「道」得以展現；而最能體現「道」、發揮「道」功用的，一個「弱」字就能總結。換句話說，「弱」才是「道」的精髓所在。

但這裏有個矛盾：一開始就提到，「道」是難以用言語描述的，就像「道可道，非常道」說的那樣。既然「道」無法正面解釋清楚，大家自然覺得道家說的「道」難以理解。老子可聰明了，他體諒那些對「道」半信半疑的「中士」、「下士」，巧妙地用「水」這個形象，帶我們領會「道」。《道德經》第八章開頭就說：「上善若水。」

上善若水，柔弱近道

「上善若水」這四個字，幾乎無人不曉，甚至還被用來打廣告。不過，熟悉這句話可不代表真正懂它的深意。這裏的「善」，不是我們平常理解的道德含義，不是說水的道德品質最高尚；這裏的「善」，指的是每樣事物都有長處和短處，長處就是「善」的一面，短處就是「不善」的一面，和道德層面沒啥關係。

從長處來看，世上很少有東西能比得上「水」，所以才說「水」

是「上善」，意思就是水的優點超級突出。「善」的含義，在緊接著的「善利萬物而不爭」這句話裏就能看出來：水滋養萬物，卻從不和萬物爭奪什麼，只是默默付出；「處眾人之所惡」，這裏的「惡」是動詞，是厭惡的意思。水總是流向大家都不願待的低窪地方。俗話說「人往高處走，水往低處流」，大家都想往高處去，水偏偏喜歡低窪之地，自由自在地流淌。也正因如此，才說「故幾於道」，就是說水的存在方式，最接近「天道」，「幾」就是接近的意思。

老子知道普通人很難領會「道」的奧妙，就拿日常生活中常見的「水」舉例子，告訴我們要是想理解「道」，不妨多觀察水。仔細想想就會發現，水是天下最柔弱的東西，可謂「至弱者」，但同時它又是「上善」。最柔弱的東西往往蘊藏著最強大的力量，沒啥東西能真正擋得住它，這背後的道理可太值得琢磨了。

人水對照，弱顯道真

對我們普通人來說，理解「道」真不是件容易事，能到「中士」半信半疑的程度都算不錯了，要是能像「上士」那樣完全相信並且親身實踐，那就更難得了。「勤而行之」說的就是讓我們一輩子的生活都符合「道」，這就是「為道」——把生活過成「道」的展現，去體現「天道」。不過，對大多數人來講，這簡直比登天還難，甚至可以說幾乎辦不到。

但水做到了。水哪兒都能流，不管高處還是低窪；它無孔不入，再堅硬的岩石也經不住水滴日積月累地穿鑿。水就憑著柔弱的樣子，攻克各種堅硬的東西。對照道家的境界，人類有時候真挺慚愧的，尤其是那種總愛自作主張的勁兒。道家覺得，源於固執己見的「人為」不可取。人總是自以為是，水可從不這樣：倒進圓柱形容器，它就是圓柱形；倒進立方形容器，它就變成立方形；倒進不規則容器，它自然就成不規則形狀。水從來不固執己見，所以能適應各種環境，在哪兒都能「活得自在」。

人就不一樣了，經常堅持自己的想法。一旦想法實現不了，就開始抗拒、拒絕，最後很可能把自己逼進死胡同。水從不爭鬥，在各種環境都能待下去。「天道」可不喜歡那些個別、偏狹、片面的主張，要是固執堅持，那就離「天道」越來越遠了。水的存在方式，簡直就是「天道」的完美示範。要是非得堅持自己是某種固定形態，肯定會和周圍環境起衝突，水從來不會這樣——它從不爭鬧。所以說，向水學習，就是靠近「天道」的好辦法，這也是老子體貼普通人的地方。就算一開始不太相信「道」，或者一時領會不了，也能透過觀察水的樣子，慢慢感悟當中的「道」。

到底是人活得更符合「天道」，還是水更接近「天道」呢？人作為宇宙「四大」之一，同樣是由「天道」所決定。那問題來了，到底是人該向水學習，還是水該向人學習？這真的很值得我們好好思考。

悖道致危，弱用彰顯

若說水要向人學習，豈不是意味著「人幾近於道」——人成了最接近天道的存在，反倒需要水改變自身來趨近人類？我們想像一下，要是天地萬物都開始學人類，這世界會變成啥樣？自然界還能像現在這樣生機勃勃，呈現「萬物育焉」的景象嗎？水「善利萬物」，是「萬物育焉」的最佳體現，可我們人類真的能做到「善利萬物」嗎？恐怕現實並非如此。如今，人類更多以「征服與改造」的姿態對待萬物，所謂「資本與技術主導的文明」，某種意義上正是人類自以為是、背離水之生存智慧的體現。而人類這種固執的主觀意志，竟常被當作「文明的進步」來歌頌。

如今爆發的生態危機，根源在於人類那些過於強硬的「改造主張」。一方面，資本追求無止境的增殖，因為一旦停下來，資本就失去了存在的意義。但從「天道」的角度來看，這種無度的增殖本就違背自然法則。當人類把自己的想法當成「天道」，人與自然的關係就變成了征服、掠奪和改造。可「天道」一直都在，它不聲不響地運行著，冷眼看著這一切。人類終將為自身行為承擔後果，俗話說「不是不報，時候未到」，終有一日連在地球上安穩生存都會成為奢望。

誰更接近「天道」？老子給出的答案是水，不是人。在當代文明裏，人類憑藉資本與技術，試圖征服世界。所謂的「現代化進程」席捲而來，好像沒哪個民族能擋得住。但「天道」依舊按自己的節奏運行，「周行而不殆」，不慌不忙。而人類呢，已經開始嚐到苦果了：切爾諾貝利核電站的巨響、福島核危機的陰影，還有核武器的巨大威脅，都在給人類敲警鐘。據統計，核大國手裏的核武器，破壞力足以把地球摧毀十七次。

我們還能理直氣壯地說「上善若技術」「上善若資本」嗎？曾經，「時間就是金錢，效率就是生命」的標語出現在深圳街頭，這背後其實是對資本增殖效率的極度追捧。在這樣的時代氛圍裏，我們不知不覺生活了幾十年，不知不覺就被資本和技術的文明、「異化的原則」支配了，甚至將這些支配性力量奉為偉大的進步，每當技術迎來突破時便歡欣鼓舞。如今，我們進入AI時代、資訊技術時代，人類似乎滋生出「無所不能」的傲慢幻覺。但這一切，真的符合「天道」嗎？

於是，有些有遠見的科學家開始擔心人類的未來，怕越來越聰明的智能機器人會反過來統治人類。在我看來，這種擔心或許有點過頭了。但他們的顧慮也反映出一種清醒：人類得守住自己的尊嚴和本性，別創造出反過來主宰自己的東西。其實不用太擔心，因為「天道」一直在默默運行，它不會讓這麼荒唐的事情發生。

讀《道德經》，就得不停地琢磨這些最基本的問題。要是從來不在心裏反復思考，只是把《道德經》當成成功學秘笈或者心靈雞湯大全，那可就誤會這部經典的真正價值了。

七善取則，弱用踐行

《道德經》中以水為喻「居善地，心善淵，與善仁，言善信，政善治，事善能，動善時」，七個短句，道盡了人類社會生活的處事智慧。那麼，如何從這七個方面入手，將水的特質轉化為生活的實踐呢？

⑴居善地：謙卑處世，順勢而安

先說「居善地」。在複雜多樣的社會生活中，每個人都有自己的社會地位。向水學習處世之道，無論身處何種位置，皆可汲取智慧：身居高位時，以謙虛之心待人，摒棄傲慢架子；身處低位時，安守本分而不妄自菲薄，隨遇而安卻心懷清澈。這裏的「善」是「善於」、「做得好」的意思，「地」不是指「土地」，而是形容謙卑低下、與世無爭的狀態。水本來就喜歡待在低窪的地方，要是在高處，一旦有機會往下流，絕不猶豫，從來不爭著往上跑。可現實中，人們常常做不到「居善地」。當年拿到《通靈之王》冠軍時，總嫌光環不夠耀眼，一心想往更高處爬，以為站得更高才能證明能量「純度」。後來才懂，越拼命攀爬，越聽不清靈性指引，離「大道至簡」的本真越來越遠。若早參透《道德經》「致虛守靜」，便該沉心深耕技藝，以謙卑之態打磨內在能量。何必困在虛名漩渦，讓焦慮耗盡本真？

⑵ 心善淵：胸懷廣博，容納萬象

再說「心善淵」。這裏的「淵」作副詞，用來形容水的狀態。「心善淵」說的是我們的心靈、胸懷要像水一樣淵博、寬廣深厚。佛學中「摩訶般若波羅蜜」裏的「摩訶」就是「大」的意思，說的是「心量廣大，猶如虛空」，這和「心善淵」的意思相通。心胸狹窄的人就像小水窪，一點風吹草動就起波瀾，掉點兒雜質就渾濁了。而真正的「淵」，深不見底，能容納百川，就算泥沙衝下來，深處依舊平靜。只有這樣寬廣的心胸，才能孕育智慧、生出慈悲，培養出理解、包容、平靜這些美好的品質，不會被雞毛蒜皮的小事困擾。

(3)與善仁：和諧相處，無爭為上

「與善仁」，這裏的「與」是動詞，指「與人打交道、與人相處」，「善仁」強調和人相處要達到「仁」的狀態，關鍵在於和諧相處，而不是爭鬥。老子說的「仁」和儒家核心觀點的「仁」不太一樣：道家的「仁」不要求待人一定要仁至義盡，更注重營造愉快、和諧的相處氛圍，盡量別處處樹敵。水從不跟萬物爭鬥，默默滋養萬物，不求回報，也不搶功勞。遇到石頭，它繞道走；遇到堤壩，它要麼積蓄力量，要麼滲透過去，要麼漫過去，總能找到出路。可人經常喜歡爭個高下、辯個是非，最後往往兩敗俱傷或者鬧得不歡而散。因此，我們確實應該學習水的柔和與包

容之道：能攜手同行時，便以開放姿態共謀發展；當理念相相悖時，也不必即刻針鋒相對，畢竟和氣既能生財，更能生道。

(4) 言善信：誠信立言，行止有準

「言善信」。人在社會上免不了要說話，說話的時候就該向水學習，追求「信」。水雖無執念，卻守諾如一。只要環境合適，它就會流向該去的地方，從不食言。就像錢塘江觀潮，潮水按時到來，誰都擋不住，這就是水的「信」。此外，水在特定溫度下必然結冰或蒸發，其物理化學性質穩定如一，這份恆定令人倍感信賴。反觀現實中，有些人言語前後矛盾，許下的承諾轉瞬即忘，言行不一致，自然難以贏得他人信任。「言善信」，就是要讓自己說的話像水一樣有分量、有準頭，說到做到、表裏如一，這樣才能贏得別人的信任。

(5) 政善治：清濁疏通，順道而治

「政善治」。社會需要秩序，維持秩序就涉及政治。「政善治」，去掉「善」字就是「政治」，「政」的目的就是實現「治」。儒家覺得，要是大道行不通，就會「百世無善治」。程頤在給哥哥程顥寫的墓表中說：「周公沒，聖人之道不行」，聖道無法在天下推行，自然就沒有清明的政治。所以，施行「政」就要追求「治」，「治」的核心就是讓社會秩序井然、不亂套。水的流淌能沖走污泥，「行政者」治理國家，亦當向水學習——讓政治如水流般，清除社會的污穢，疏通壅塞的環節，使公平正義如活水般暢流，改善民生、激發社會活力，而非製造混亂與矛盾。

⑹事善能：屈伸自如，靈動應事

「事善能」。人生在世，總會遇到各種事情要處理。很多人經常覺得自己能力有限，有些事能做，有些事做不了。其實，不妨學學水。水哪兒都能流，不管是筆直的河道，還是陡峭的懸崖，它都能順利通過。遇到障礙，水不會硬撞上去，而是靈活應對：有岩石擋路，它繞著走；高山難以翻越，它就順著山腳找出路，最後總能到達目的地，這就是「能」。水之「能」，體現於能屈能伸、能柔能剛。它可化為滋潤萬物的細雨，亦可成為摧枯拉朽的洪水；既能隨容器之形態而變，亦能鑽透堅硬之岩石。人處事亦當如此：遇困境勿輕言退縮，勿固執於單一方法，而應學會靈活應變，從挫折中汲取經驗——猶如水之奔流，總能在崎嶇中尋得前進之路，此乃真正之「事善能」。

(7)動善時：順應時變，相時而動

動善時，時機很重要，什麼時候該做什麼事情，有的事不是這個時候能做的，一切變化都在時間中的，叫「時變」，變化當然要經歷時間；變化還是個過程，沒到這個節點上，這件事就不能做你不要太早做，比如「半夜雞叫」，半夜叫的雞就是會被殺掉的，就這個道理。

「動善時」，這個原則同樣也是儒家的原則；孟子說孔子——孔子之前也有很多聖賢，他們各有特徵，境界最高的是孔子，「聖之時者也」；柳下惠是「聖之和者也」，「和」還不夠高；孟子對前面的大思想家、學問家、傑出人物的評價是一層一層來的，「聖之時者也」是孔子，說的是他對時間的領會。對發展變化進程中時間、關節點的領會，是非常根本的事情；承認變化，要相時而動，不能動的時候就不要動，硬動不行；水也一樣，冬天結冰不動；春暖花開，解凍之後，春泉湧動，那是春天天矇矇亮的時候雞再叫吧，不要半夜裡叫了。

弱用傳承，智慧照世

我們父母那一輩教育我們，在學校和同學鬧矛盾時要「讓著點」。這可不是讓我們無原則地忍讓，其實是希望我們學學水的智慧——不跟人硬頂。水溫柔又靈活，總能用巧妙的方式化解衝突，這樣的教導不知不覺就刻在了我們心裏，養成了「能不爭就不爭」的處事習慣。

父母還常說「別太張揚，別出頭」，用「槍打出頭鳥，樹大招風」這樣的諺語提醒我們。時間長了，我們也明白了其中的道理，成年以後自然不敢輕易當那個「出頭鳥」，更願意跟著大家走。就像水總是順著地形流淌，我們也習慣了趨利避害。

父母的教育裏其實藏著道家智慧。《道德經》說「揣而銳之，不可長保」，就是勸大家過於鋒芒畢露很難長久。這些代代相傳的觀念，哪怕理解得可能不夠全面，卻都是先人智慧的結晶，一直影響著後輩。

逆思合道，弱勢轉機

我教育孩子的時候，也延續了這種智慧。孩子工作以後，我不會一個勁兒強調「大是大非要清楚，原則要堅持，理想不能動搖」，而是告訴他：把原則放在心裏是個人修養，但為人處世要圓融些，盡量別得罪人，這其實就是《道德經》裏「與善仁」的體現。

「事善能」其實源於向水取經。水遇到高山擋路，從不硬扛，不是繞道而行，就是默默蓄力慢慢滲透。這其實在提醒我們，碰上難題別一股腦兒蠻幹，換個思路或者緩一緩，說不定解決辦法就冒出來了。這和儒家「知其不可為而為之」的進取勁兒，可謂反差明顯——儒家鼓勵直面困難衝鋒上，道家則推崇靈活應對找捷徑。這兩種思路互補搭配，我們面對人生挑戰時，才能收放自如。就像王進喜那句「沒有條件，創造條件也要上」，滿滿都是儒家的拼搏勁；但記住，做事也要懂得留後手，這就是道家的聰明之處啦。所以說，「儒道互補，以儒為本」的理念，真挺適合指導我們拿捏進退分寸。

雖然本書重點不是深挖「儒道互補」，但這確實是中國文化

悟道德2

的一大亮點。其實道家智慧早就融入我們生活日常，只是很多時候我們渾然不覺。有時候，我們不知不覺就用上道家智慧解決了難題；不過也有人過了頭，把靈活應變搞成了奸猾世故。這就好比中醫，明明是中華民族超牛的科學成就，卻被一些江湖郎中胡亂折騰壞了名聲。同樣道理，道家學說從來沒教人耍小聰明，而是讓我們學學水的坦蕩無私、韌性十足。《道德經》第八章說「夫唯不爭，故無尤」，就是要我們學習水「善利萬物而不爭」的品格，這樣才能少惹是非、遠離麻煩。

這一章還藏著「弱者道之用」的深刻哲理。說到柔弱，天下沒啥比水更厲害，偏偏它最能體現「天道」。老子講「反者道之動」，意思是事物發展常常從反方向起步——想往高處走，得從低處開始；唯有保持柔弱，才能契合「天道」。

逆思破局，弱勢生機

用現在的話說，這其實就是「逆向思維」。平常做事，我們習慣定好目標一路衝；但道家主張「正言若反」，那些聽著奇怪的話裡，往往藏著大學問。比如接到超級難搞的任務，一般人覺得天都要塌了，懂道家思想的人卻當成難得機會。打個比方，要是一家企業眼看要倒閉，欠了一屁股債，這時候接手當負責人，表面看是「跳火坑」，實際上可能是契合「天道」的好機會。

處在這種困境，自然會以「弱者」心態做事，不會再擺架子。肯定會珍惜願意留下的員工，帶著感恩謙卑的心對待大家；對外談生意，也會放下身段全力挽救企業。說到底，做生意其實就像「討飯」——不管規模大小，都得時刻保持謙遜，重視客戶需求。但不少人成功後就忘了本，把財富地位當炫耀資本，這其實早就偏離「弱者道之用」的精髓了。

回頭想想創業起點，不管是擺地攤的辛苦奔波，還是開小店的熱情待客，都是因為當時處於「弱」勢，所以做事更合情理、更貼近規律，不知不覺就暗合了「天道」。所以說，越是陷入困境，越可能迎來成長轉機。

這些深刻道理，《道德經》裡早就寫得明明白白。可惜很多人讀書走馬觀花，要義沒記住，更別說用到生活裡。所以我常說，人生得讀「兩本大書」：一本是親身經歷的生活，一本是《道德經》這樣的經典。在這兩者之間反復琢磨、相互印證，才能真正領會其中智慧。人最容易忘記的，就是自己「弱」的時候；但恰恰是處於弱勢時，我們的行為最貼近「天道」。畢竟「天道」不像操作手冊能明確指引，只有保持謙卑柔弱的心態，才可能無意間契合它的規律。一旦覺得自己了不起就飄了，離偏離正道、陷入危機也就不遠了。

領悟這些核心思想，再去讀《道德經》其他章節，保準豁然開朗，真正走進這座古老又深邃的智慧寶庫。

悟道德2

▲以無形之柔，馭有形之剛強。

悟道德2

第三章

「無為」不是躺平：順應規律的高級生存術

觀天悟人，道脈相承

「觀天道以立人道」，這可是古人透過觀察宇宙與自身，歸納出的超級大智慧！天和人本就一體，就像江河與浪花，外表看似各有模樣，實則同出一源、相互依存。學道可得明白，道可不是書本上冷冰冰的符號，而是流淌在我們血脈裡的文化基因，是待人接物時的溫暖體現，也是面對困境時那份從容自若；它早已深深融入生活，日常點滴積累的真實感受與體驗，正是哲學真義生根發芽的肥沃土壤。

基於這個認識，我們就能深入探討道家和儒家這兩大思想流派的根本差別啦！答案就藏在它們對「天道」與「人生」關係的理解中。這兩家思想就像千年古樹的兩根枝幹，從同一個根系出發，卻朝不同方向伸展。它們都認同「天人合一」，只不過側重

悟道德2

點不太一樣：儒家朝著陽光生長，更看重「人」的擔當；道家往泥土裡紮根，側重「天」的自然。二者互補共生，可不是非此即彼、互相排斥的關係哦。

孔子說過「人能弘道」，短短四個字，就把儒家思想的核心亮得明明白白。儒家強調人作為天道踐行者的獨特責任，主張用生命實踐和行為舉止去彰顯、光大天道。《中庸》開頭「天命之謂性，率性之謂道，修道之謂教」這三句話，搭建起了「天命—率性—修道」的三維思想坐標。其中「修道之謂教」告訴我們，人得不斷修養身心，這個過程就是「教化」。人在日常生活中磨練心性，就像匠人雕琢玉器，讓內在的精神光芒慢慢綻放，這就是儒家所說的「修身」或「修行」。

《大學》把修身的八個條目講得清清楚楚：格物、致知、誠意、正心、修身、齊家、治國、平天下。「修身」是重中之重，就像房屋的地基，直接決定了上層建築是否穩固。前面四個條目是通往「修身」的內在修煉之路，目的是淨化心靈；後面三個條目則是「修身」完成後，自然而然向外展現的成果。只有先把自身修養好，才有可能實現家齊、國治、天下平。

儒在擔當，道法自然

儒家是這樣，道家可就不一樣了，它把重點轉到了「天」上面。道家覺得，「天人合一」是宇宙的本質，天道和理想的人類生活其實是高度契合的。現實中之所以會有紛爭、痛苦和失衡，關鍵就在於「人」的過度干預，也就是那些背離自然節律的「人為」行為在搞鬼。

悟道德2

儒家把人當成天道在塵世的「活載體」，鼓勵人積極行動，而且要用符合天道的方式去行動，在世事的磨練中修養身心，把抽象的「道」轉化成具體的德行。儒家強調精神修養，就像大禹治水那樣順應規律，從「獨善其身」一步步走向「兼善天下」，以積極入世的態度改造世界。

道家卻認為，過度追求「修養」反而會事與願違。就好比頻繁修剪花木，看著好像很精緻，其實卻妨礙了它們自然生長；刻意去修持，就像攪渾了清水，離「道」的澄明狀態越來越遠。道家智慧的核心就在於「放下人為干預」，主張如流水般順應自然，以「無為而無不為」之法，最終達至萬事皆成之境。

無為之辨，非躺平之道

回頭看看我們的生活，大多數煩惱其實都來自人為的糾結。少一點「我要改變一切」的執著，多一分「順應天道」的坦然，幸福說不定就藏在這自然之中呢！這就是道家看待世界和人生的基本態度。簡單來說，儒家主張「修身、弘道」，突出人的主體性和責任感；道家提倡「去偽存真」，去掉那些不必要的「人為」造作，回歸自然、順應天道。這裡要特別注意，道家說的「偽」可沒有道德貶義，單純指和「天然」相對的非自然狀態，這可是理解道家思想的關鍵點哦。

另外，讀《道德經》這些道家典籍的時候，得正確理解「聖人」這個詞。儒家說的「聖人」是道德完美的榜樣，像孔子推崇的堯舜；道家的「聖人」則是善於順應自然的管理者，比如治水

悟道德2

的大禹。道家更在意「聖人」是不是遵循天道，而不是特別糾結道德品行。

道家思想格局超大，直接超越了世俗的「道德境界」，不糾纏於非善即惡的二元對立，站在更宏大的「天地境界」看問題。四季更替、晴雨變化，本來就沒有善惡之分，道家以寬廣的視角看待世界，覺得萬物運行都遵循自然規律，根本沒有所謂「做好事」或「做壞事」的絕對區分，可別誤讀了道家思想呀！

道家的根本觀點是，儒道雖然都以「天人合一」為根基，但道家另闢蹊徑。人只有拋棄主觀的執念和多餘的欲望，才能觸摸到智慧的本質。換句話說，道家的智慧就是「做減法」，就像整理屋子時扔掉無用的雜物，人也得學會放下內心的執念和「精神包袱」，讓生命回歸自然狀態。要是陷入「掌控一切」的迷思，非要強行改變事物的自然發展軌跡，那可就背離天道囉。

老子說「為學日益，為道日損，損之又損，以至於無為，無為而無不為」，這句話揭示了兩種人生道路：「為學」是加法人生，靠不斷積累知識、經驗充實自己；「為道」則是減法修行，得慢慢去掉後天形成的偏見、妄念，讓生命回歸純淨本真，這簡直是生活方式的一次大轉向！

「無為」這個概念常常被人誤解，好多人以為它就是「躺平」。其實「無為」可不是消極不做事，而是要摒棄盲目妄為，用順應天道的方式最終實現「無不為」。《道德經》因為語言簡約又抽象，特別容易造成誤讀，比如有人把「無為」理解成「什麼都不做」，這可就偏離道家「無為而無不為」的真諦啦。同樣的，佛家「色即是空」的「空」也經常被誤認為是「虛無」。所

悟道德2

以說，理解儒道佛這些傳統思想，一定要把握住它們的基本觀點和思維邏輯。

「空」的精髓在於放下執念，「無為」的關鍵在於放下過度的人為造作。「為」依然代表行動，「無為」並不是消極不動——生活從未停下腳步，行動也從未終止，真正的重點在於「怎樣行動」。「無為」就是放下心中固執的成見和算計，不做扭曲自然法則的事。

從道家的角度來看，生育這件事本來就談不上「有為」或「無為」。生命繁衍是自然本能，順其自然的生育過程就很符合天道。但要是把生育變成了攀比的面子工程，或者當成實現個人夢想的工具，又或者非要用各種規劃強行規定孩子的人生，那就背離自然之道了。吃飯也是一個道理，餓了就吃，飽了就停，這是順應本能的自然行為；要是一味追求山珍海味，把吃飯變成攀比的途徑，那就是對自然的扭曲。

大道至簡，減法智慧

老子的好多話都特別容易讓人誤解。像「上士聞道，勤而行之」，說的是有些人能踏踏實實去踐行「道」；「下士聞道，大笑之」，指的是有些人把「無為」當成消極避世的藉口。不過老子覺得這很正常，畢竟真正的大道本就和世俗認知不太一樣。

人類常常陷入「聰明反被聰明誤」的困境。有欲望本來是人之常情，但有些人把精明用在追逐虛名、固執己見上，這些「下士」雖然邏輯縝密、能說會道，卻因為太「聰明」反而和「道」隔絕開來，丟掉了順應自然的智慧。

悟道德2

「無不為」也經常被誤解，有人以為它是「一舉包辦萬事」。其實它的真諦是「手握萬能鑰匙」，用「無為」的方式行事，順勢而為、遊刃有餘，不是說無所不能，而是強調順應天道的行動能找到破局的辦法。水就處在「無為」的狀態，順應天道，遇到障礙不硬撞，懂得因勢利導、隨形而變，看著柔弱，實際上力量超強。人要是拋棄主觀臆斷，行動契合天道，那力量就來自對規律的順應。

老子的話看似簡單，實則蘊含著深刻哲理，得沉下心慢慢品味才行。研讀這些經典，就是為了汲取古人的智慧，給人生尋找一條能和天道共鳴的道路，真正的力量就藏在對世界運行軌跡的洞悉之中。

我們這本書探討道家思想，目的是把這流傳千年的智慧運用到當下生活裡。中國哲學的生命力就體現在生活本身，它可不是擺在高處供人觀賞的古董，而是能點亮人心的實用智慧。

這種解讀和傳統學術研究不太一樣。專家們考證《道德經》的版本差異、字詞原意，貢獻當然很大。但要是過度執著於版本和原意，很容易忽略《道德經》為解答人生困惑而誕生的初衷。它教我們用「上善若水」的通透去化解人際矛盾，憑「無為而治」的智慧平衡工作與生活，讓古人的哲思照進現實。

道家思想的核心圍繞著「天」展開。「天道」實在太難用語言完整描述了，老子的文字就像指路牌，引導著我們去認知。「道可道，非常道。名可名，非常名」，老子用否定的方式，不斷排除干擾，引導我們自己去體悟，靠做減法一步步靠近「道」。

悟道德2

老子繞著彎子引導大家做減法，其實源於人性的弱點。人們總習慣把過去的成功經驗當成永恆真理，就像刻舟求劍一樣。道家思想就是要打破這種思維慣性，用減法剔除認知偏見，清空自我去靠近「道」，這和「做加法」的思維完全相反，裡面藏著看透事物本質的大智慧。只有放下對「已知」的執念，才能擁抱無限可能。

人類自從誕生，就捲入了「為學日益」的大潮，做加法幾乎成了本能和思維定勢。道家偏偏反其道而行之，當經驗變成束縛，知識淪為教條，人生就該按下暫停鍵。文明發展確實需要積累，但也得把握好「加減之道」的平衡；要是在危機時刻還固執地「加碼」，只會越陷越深。

道家思想就像一門「減法藝術」，可不是否定努力，而是讓我們學會在狂奔的時候傾聽內心的聲音，在複雜的世界裡找回簡單的力量。清空雜念，或許就能聽到天道的迴響。「天道」在不同階段有不同的展現方式和要求，當形勢需要順應「天道」時，就得及時做出調整。

無為之用，應時順勢

拿中國經濟來說，過去發展速度很快，如今卻出現了產能過剩、房價波動等問題，老經驗已經不頂用了。面對這些新挑戰，還死守著老經驗不放，就好比拿舊導航走新路。房產市場和股市過去的策略也留下了不少隱患，這時候道家「無為」的智慧就像一劑清醒劑。真正的應對方法，其實是放鬆對市場的過度干預，讓市場規律自行調節，相信「天道」的自癒能力，淘汰落後產能、修復市場失衡，看似「什麼都沒做」，實際上是在為長遠發展蓄積力量。

道家思想在當今時代顯得尤為珍貴。站在時代的十字路口，舊地圖找不到新路，老經驗解不開新問題。道家的「減法智慧」就像一把剪刀，能剪斷思維的枷鎖。那些成功經驗和固化模式，就像手機裡的緩存，只有刪除這些「冗餘程式」，破局的辦法才會在放下執念的瞬間浮現。我們得相信「天道」的運行規律。

「上士聞道，勤而行之」，真正聰明的人，敢於對過度的「人為干預」按下暫停鍵，學會「做減法」，讓行動契合那些隱秘的規律，這就是「暗合天道」。「暗」可是道家思想的精髓所在，「道可道，非常道」，天道雖然看不見摸不著，卻真真切切存在著，無法用言語說清，卻又無處不在。就像我們沒法描述風的形狀，卻能感受它的清涼；沒法定義水流的路徑，卻能順著它抵達遠方。道家智慧，其實就是讓我們承認人類認知的邊界，敬畏宇宙深層的法則。

領悟道家思想，就是要追求生命與天道的共鳴。「暗合」的境界雖然無形，卻蘊含著不戰而勝的力量，真正的強大，是讓自己成為規律的一部分。領悟了道家智慧，面對危機也能從容不迫。很多時候，我們覺得困境無解，其實是陷入了「越用力越失控」的陷阱。就像溺水的人，慌亂撲騰只會被拖向深淵，鎮定下來順應浮力反而能浮向水面。這種處變不驚的底氣，來自於對「天道」和生命規律的信任。

道家「人法地，地法天，天法道，道法自然」這句話，揭示了萬物運行的底層邏輯。從大地默默承載萬物、日月不停更迭，到草木自然生長、人生起起伏伏，一切都有著內在的秩序，道家智慧值得我們反反覆覆細細品味。

儒道互補，剛柔並濟

儒家注重「修身齊家治國平天下」，積極進取、勇於擔當；道家追求順應自然、超脫自在。二者並不是水火不容，而是「儒道互補」。遇到困難的時候，道家教我們順應時勢、沉澱自己；處在順境的時候，儒家鼓勵我們勇敢承擔責任、實現價值。中國人的精神世界，就在這種剛柔並濟中變得完整。

這次的講讀，我們不追求逐字逐句的學術研究，而是聚焦《道德經》裡的「要言妙道」。比如「上善若水」，短短四個字，就描繪出水滋養萬物卻不爭不搶的品性，還蘊含著以柔克剛、順應時勢的處世哲學，特別值得反覆琢磨。這些字句，就像是打開深層哲思大門的鑰匙。

我們在嘗試深挖背後蘊藏的深刻智慧。希望這過程說不定會顛覆原有的認知，也可能在某個瞬間讓我們突然恍然大悟。但正是在這種思維的碰撞中，我們才能真正觸摸到老子留給後世的精神寶藏。

悟道德2

▲體無為不妄為之智，順勢篤定共生。

悟道德 2

第四章

儒道互補：中國人的精神太極圖

儒道初遇，思想碰撞

在司馬遷所著的《史記》之中，記載了一場極具思想火花的碰面，那便是孔子與老子的相遇。作為儒家學派的創始人，孔子對老子那可是欽佩得五體投地，他感慨道：「我今日見到老子，感覺他就像一條騰雲駕霧、神龍見首不見尾的神龍！」這句話，不單單是對老子高深莫測思想境界的由衷讚歎，其實也暗暗包含了對老子「道即無名」這一道家智慧的深深欽服。

面對孔子如此高的推崇，老子的回應可就顯得直接又犀利了。他毫不留情地指出孔子身上帶有「驕傲、貪欲、張揚之態，以及強烈的入世野心」，並且苦口婆心地勸誡這位一心積極求仕的年輕人：「君子若遇良時，當積極行動；若時運不濟，不妨順勢隱退。天下有道之時，即可入世施展抱負；天下無道之時，則

悟道德2

安於天命吧。」

這場乍一看雙方觀點對立的對話，實際上反映的是兩種截然不同的文明基因在激烈碰撞。孔子秉持著「知其不可為而為之」的大無畏擔當精神，心欲一於動亂社會中重建秩序；而老子則堅守「人法地，地法天」的天道觀，深知強行扭轉時代潮流，無異於螳臂擋車、徒勞無功。其實老子的批評，並不是要全盤否定儒家的價值，他是以過來人的身份，給予孔子充滿智慧的善意提醒，恰似見人於逆流中拼命掙扎，智者會溫和勸告：順應水流，方能長久前行。這種建立在深刻理解基礎上的思想交鋒，正是中華文明多元共生的早期寫照，直到今天，仍然引導著我們去思考理想與現實之間的關係。

貴柔守雌，無為之道

說起老子，他的生平事蹟簡直就像一個謎，我們對他的瞭解，大多數都來自那本千古奇書《道德經》。這本書的誕生過程充滿了傳奇色彩：相傳老子打算出函谷關，西行去隱居，守關的官員尹喜死活強留他，非要他留下自己的思想精華。於是老子就騎著青牛，靠在關口，洋洋灑灑地寫下了這部流芳千古的智慧篇章。這個故事的真實性或許難以考證，但它生動形象地說明了智慧的傳承有時候是需要一些特殊契機的。老子出關之後，就好像人間蒸發了一樣，沒了蹤影，這恰恰符合道家修行所追求的至高境界——真正領悟了天道的人，會擺脫一切束縛，與自然渾然一體，不分彼此。孔子曾經用「龍」來比喻老子，這些在思想史上神出鬼沒的「隱者」，他們的行蹤難以考證，可不就是「道隱無名」的活生生寫照嘛。

悟道德2

老子的思想，可以用「貴柔守雌的無為之智」來概括，其中「貴柔」更是實現「無為」的關鍵所在。他用水來打比方：天下最柔弱的東西莫過於水了，但是卻沒有任何東西能夠真正戰勝水。這種對「守雌」的重視，和中國文化裡「陰陽相濟」的智慧簡直不謀而合。要是把儒家比作剛健向上、積極進取的「陽」，那麼道家就像是內斂含蓄、深藏不露的「陰」。老子認為，陰柔並不是軟弱無力的代名詞，恰恰相反，它是萬物得以存在和發展的根基。就像《道德經》裡所說的「萬物負陰而抱陽」，生命的孕育和成長，都是從包容萬物的大地開始的。這和《易經》泰卦裡「地天交泰」的智慧相通——當陰柔的坤（地）在上，陽剛的乾（天）在下的時候，反而能夠形成天地交融、生機勃勃的局面；要是顛倒過來，就會陷入閉塞不通的困境。

老子提出的「反者道之動」的辯證法，深刻地揭示了剛強易折、柔弱蘊生的天道規律。你看那嬰兒，看似柔弱無力，連坐都坐不穩，但是生命力卻極其旺盛，充滿了無限的可能，由此可見，真正的力量往往就隱藏在謙遜、柔弱之中。道家對「陰」的重視，可不是要否定陽剛的作用，而是在警示世人：只有學會像大地那樣包容承載（守雌），像流水那樣順勢而為（貴柔），才能在這個紛繁複雜的世界裡達到「無為而無不為」的理想境界。這既是對天道的敬畏之心，也是對生命智慧的深刻領悟。

經典重合，同源異流

道家把《周易》《道德經》《莊子》奉為核心經典。其中，《周易》被稱為「群經之首」，它既是道家追溯天道的哲學源頭，同時也是儒家「六經」之一。這種經典的重合，揭示了儒道兩家在

悟道德2

中華文明基因深層次的共鳴：它們都共用著以「陰陽之道」為根基的天人智慧，都以「天人合一」作為思維的起點。儘管後來儒道兩家逐漸分道揚鑣，走向了入世和隱世的不同道路，但是它們底層的邏輯始終是相通的。孔子對《易經》進行了深入的研究，老子秉持「法天貴真」的思想，本質上都是對天道規律的深刻體悟。這種「同源而異流」的關係，決定了儒道兩家並不是完全對立的，而是中華文明中剛柔相濟、互為補充的一體兩面。

老子用「混成」這個詞來形容「道」，他認為「道」是混沌未分、先於天地就已經存在的本源，它不是具體的某種物質形態。「道」無聲無息、無形無狀，卻獨立自主地存在著，不受時間和空間的限制，迴圈往復地運行著，永不停息，它是創生天地萬物的根源所在。面對這樣一個難以用言語去形容、去描述的終極存在，老子坦率地說：「吾不知其名」，僅能勉強名之為「道」

（象徵運行規律），又謂之「大」（代表無限廣大）。這種命名方式，本質上是哲學在試圖探索超驗領域時所採用的一種詩意表達。雖然「道」看不見、摸不著，沒有具體的形態，但是它卻體現在萬物的生滅迴圈之中，處處都有它的蹤跡。

老子提出「道大，天大，地大，人亦大」，強調在宇宙之中，有四大並存，人也符合「道」的本質。天地依照「道」的規律運行，四季的更迭交替就是「道」的具體體現。要是人能夠順應自然，遵循自然規律，就能夠與「道」相和諧，達到一種融洽的狀態。其實早在莊子之前一千多年，老子就已經埋下了「天人合一」這一重要哲學思想的種子。

法道自然，生活智慧

「人法地，地法天，天法道，道法自然」，這幾句話構成了一個層層遞進的規律鏈條。這裡的「法」並不是簡單的「效法」的意思，而是「遵循自然秩序」。道的本質就在於讓萬物自然而然地發展，不去過多干涉。人依賴大地而生存，大地遵循天的運行規律，天又遵循道的軌跡，而道的最高法則就是「自然」——讓萬物順應自己的本性去生長、發展。這裡所說的「自然」，並不是指我們所看到的物質世界，而是指萬物「本然如此」的一種狀態。最高明的智慧，就在於消除人為的干擾，讓一切都回歸到最本真的狀態。老子用「強名」這種方式突破了語言的局限，用「四大」確立了人的地位，又通過「法自然」啟迪我們的生活智慧。「道」雖然高深莫測，讓人難以捉摸，但是它卻體現在「順其自然」這樣簡單的生活哲學之中。這並不是讓人消極無為，什麼都不做，而是教導我們在洞悉事物本質之後，讓自己的生命與萬物深層次的規律相協調，和諧共處。這種把超驗之「道」融入日常生活的思維方式，正是中國哲學「極高明而道中庸」的源頭所在。

「道」可不是書本上那些空洞無物的理論，它早已深深融入到中國人的生活智慧之中。我們平常經常掛在嘴邊的「順其自然」「自然而然」，其實就是對老子「道法自然」這一思想最樸素、最直白的詮釋。這一看似簡單的生活哲學，背後卻蘊含著對世界運行規律的深刻理解：真正的智慧，就如同書法家揮毫潑墨時那樣，順著墨跡自然地流暢運行，而不是強行牽引筆尖，破壞了書寫的節奏和美感。然而，在現代社會，人們總是急不可耐地想要改造自然、掌控自己的命運，卻忽略了「順其自然」並不是消極地妥協、放棄，而是在經過仔細觀察、深入思考之後所做出的主

悟道德2

動選擇。

就像《道德經》裡所說的「人法地」，古人在建築方面就把這個智慧體現得淋漓盡致。他們把建築看作是大地的「胎記」，而不是破壞大地的「傷疤」。這種智慧在風水學中演變成了千年相傳的建築密碼，其實風水學並不是什麼神秘莫測的迷信，它是古人對「地如何影響人」這一問題的深度思考。

在建築和風水學中，古人一直秉持著「問地求居」的理念，而不是「人定勝天」那種過於強硬的想法。你看北京的四合院，大多坐北朝南，這樣可以用高牆抵禦冬日的寒風；蘇州的園林依水而建，亭臺廊榭順著河道自然地蜿蜒伸展；普通的民居也講究「負陰抱陽」。這些看似講究風水的地方，其實都是古人對土地「規則」的深刻領悟——哪裡適合藏風聚氣，哪裡的水脈通暢，都讓建築成為大地有機的一部分，自然地延伸，而不是突兀地割裂在大地上。

風水學的核心，從頭到尾都是古人在和土地進行對話：觀察山勢的走向，以便找到穩固的地基；講究水流的環繞，方便日常生活用水；甚至每一塊磚、每一塊瓦的朝向，都在呼應著陽光雨露的節奏。這種智慧用最質樸的方式告訴我們：最佳的居住之道，就是讓建築如同從土地裡自然「生長」出來一樣，像草木順應四季的更替那樣自在地呼吸。因為真正宜居的環境，源自於對大地語言的傾聽和理解，只有這樣，才能和自然和諧相處，達到一種完美的平衡。

天人合一，儒道殊途

《道德經》第二十五章把「道、天、地、人」並提，將人納入到宇宙的根本秩序之中，這可以說是「天人合一」哲學最早的表述。老子強調「道法自然」，這裡的「自然」並不是指客觀存在的世界，而是萬物本來就該有的狀態。道家的智慧，就在於讓一切都「自然而然」地呈現出它最本真的面貌，不加以過多的干預和矯揉造作。

儒家則是以「人」作為核心，《中庸》裡所說的「喜怒哀樂之未發謂之中」，把「人心」看作是天下的根本所在。張載那聲「為天地立心」的呼喊，更是把人的主體性發揮到了極致。儒家堅信，人通過修心養性，勇於承擔社會責任，就能夠為世界確立價值座標，引導社會走向美好的方向。這種「以人為中心」的路徑，和道家「人法地、地法天」那種層層順應自然的方式形成了鮮明的對比——前者強調人的主動創造性，後者則更側重於對自然規律的順從和尊重。

儒家思想就好像是人生的「築基」工程：十五歲的時候立志學習，這個時候要明確做人的規矩和自己應當承擔的責任；三十歲要「而立」，也就是在精神上能夠獨立自主，確立自己的人格，有擔當意識；四十歲要達到「不惑」的境界，不會被外界的各種誘惑所動，堅守自己內心的信念。而道家思想則更像是人生的「封頂」之作：當人們在儒家「修身齊家治國平天下」的實踐過程中，參透了人性和世界的規律之後，到了六十歲，就能夠像老子所說的那樣「人法自然」，用一種審美的、超脫的眼光去看待萬物。這個時候的「順應」，可不是被動地屈服，而是在閱盡千帆之後的主動接納，是「知白守黑」的智慧——既懂得入世的

「白」，積極參與社會事務，也深諳出世的「黑」，懂得在適當的時候退隱，回歸自然。最終在黑白交織之中，繪就屬於自己生命的太極圖，達到一種和諧圓融的狀態。

以儒入道，破執指南

儒道之「爭」，本質上是「有為」與「無為」這兩種思想的變奏，而不是絕對的對立。這就好像一座建築，儒家是那堅強的立柱，撐起了人間的秩序；道家則是那優美的飛簷，讓人的心靈能夠向自然敞開，獲得自由和慰藉。真正的中國智慧，一直都是「以儒家之心做事，以道家之眼觀世」。在承擔責任的時候保持清醒的頭腦，在清醒認知世界的同時又不失對生活的熱忱，這或許就是孔子所說的「耳順」境界的深意所在——既守住了人的擔當和責任，又能夠聽懂天地間的自然之語，達到一種和諧統一的狀態。

孔子所描繪的人生階段境界，恰似一面映照人性的明鏡，清晰折射出我們於人生不同階段心嚮往之的精神高度。這些境界猶如遙掛天際的璀璨星辰，望之璀璨奪目，然企及之路卻需以歲月為階、以修行為徑，非一朝一夕可觸碰。

十五志學，破惑明向

「十五志於學」的關鍵，可不單單是為了獲取一些書本上的知識，更重要的是要弄清楚「自己究竟想成為什麼樣的人」。可是在現實生活中，年輕人常常被短視頻裡的碎片化資訊和消費主義的物質追求所裹挾，就像沒有根的浮萍一樣，在茫茫大海中隨波逐流，失去了方向。孔子的這句教誨，就像是在喧囂城市中的一聲晨鐘，敲醒了迷茫的人們：真正的「志於學」，是要開始思考「我到底想成為君子，還是一個普通的人」「怎樣才能讓自己的生命更有意義」。這是一個人擺脫本能的驅使，邁向精神覺醒的第一步。這一步之所以難，是因為要對抗這個浮躁的社會環境；而它的寶貴之處，就在於能夠幫助人找到人生的根本方向，就像在黑暗中找到了一盞明燈。

三十立身，勇擔責任

「三十而立」的這個「立」呀，可不是說要早早成家立業，而是精神上能獨立扛起自己的命運。就好比大樹深深紮根土壤，既能頂住外面的風風雨雨，又能給周邊的幼苗遮風擋雨。可現在好多人到了三十，還在「巨嬰」和「焦慮」這兩個狀態之間搖擺不定呢。比如買房子還得靠父母出錢，面對職場上的壓力就只想

「躺平」，其實這就是不敢直面「要自己負責」的現實。孔子早就提醒過我們，成長的關鍵就在於敢為自己的選擇擔責，在家庭和社會角色中慢慢磨煉出有擔當的品性。

四十不惑，守正篤行

到了四十歲的「不惑」，也不是說變成全知全能的超人了，而是在面對權力和財富這些誘惑的時候，能牢牢守住「有所為有所不為」的底線。看看現實中，不少中年人就栽在這個「惑」字上，貪心極了，又想升官又想發大財，既盼著出名又不願意多付出努力，簡直像那隻不知滿足的貔貅。孔子的智慧就在這時候提醒我們，當欲望蹭蹭往上漲的時候，得自己問問自己：「到底哪些才是我真正需要的？哪些只是虛幻的執念呢？」要達到不惑的境界，得先學會做減法，在這一堆誘惑裡找到自己內心真正想要的東西。

五十知命，契合天賦

五十歲講究「知天命」，這可不是讓你被動接受命運安排，而是在清楚認識到自己的局限後，找到自己天賦和使命的契合點。就像鳥兒天生知道自己屬於天空，魚兒明白自己要在江河裡暢遊，人到中年就該專注在那些「自己能做好，還樂在其中」的事業上，別再去追那些虛無縹緲的功名了。可惜啊，好多人到了五十歲，還在盲目羨慕別人的成功，卻看不到自己手裡其實早就握著能開啟幸福之門的「金鑰匙」。經孔子此語點撥方知：天命並非遠在他方，恰蘊藏於那些看似不起眼，卻「我能做好亦做得開心」的小事之中。

六十耳順，和諧圓融

六十歲追求的「耳順」，也不是讓你逆來順受，而是像成熟的麥穗那樣，懂得適時彎腰。大半輩子經歷下來，也該明白世界不會完全按照自己的想法運轉，這時候就得學會用理解去代替對抗。可現實裡，不少老人反而陷入「固執陷阱」，老是抱怨晚輩不懂規矩，指責社會人心不古，其實本質上就是拒絕和不斷變化的世界和解。孔子期望我們到了六十歲，能修煉出「海納百川」的胸懷——聽到不同意見，別急著反駁，想想「存在就有它的道理」；面對不完美的現實，也別再憤世嫉俗了，學會在接受的基礎上找到平衡。這其實就是道家「順其自然」思想在生活中的體現，是閱盡滄桑之後的通達智慧。

七十從欲，道規合一

最後到了「七十從心所欲不逾矩」，那可是連「破執」這件事都不用刻意去做了，在順應規律的過程中獲得真正的自由。孔子總結的這一套人生階段論，說到底就是一部教我們「破執」的指南：十五歲打破混沌，三十歲打破依賴，四十歲打破貪婪，五十歲打破妄念，六十歲打破對立。每個階段的「難」，都難在要戰勝人性的弱點，就好比登山的人，每往上爬一段，就得放下一些多餘的行囊。

這些境界之所以難以達到，是因為它們和人類的本能反著來——人天生就喜歡享受，討厭吃苦，總想獲取更多。但孔子告訴我們，真正的成長恰恰要反其道而行之：在欲望裡學會克制，在對抗中學會接受，在局限中學會專注。這並非空洞的大道理，而是需用一輩子去回答的命題：在窺破生活的真相之後，如何莊重而溫柔地繼續前行。

從「兩個『我』的拉扯」到「一個『我』的圓融」，這一整個精神旅程，本質上就是從「自我對抗」走向「自我整合」。就像太極圖裡的陰陽兩極，不再是互相對立衝突，而是在旋轉交融中形成一個共生的整體。我們一輩子修煉的，就是讓理想的光透進現實，讓現實的身軀能承載理想的光芒，最終在「從心所欲」和「不逾矩」的統一裡，抵達孔子說的那種「自由又不失分寸，自主又不違背天道」的生命圓融境界，其實也是進入了道的天地境界。

孔子深諳道家思想精髓，卻選擇了一條與道家殊途同歸的精神道路。他知道道家「天人合一」的境界很高遠，所以轉而用

悟道德2

儒家的「修齊治平」作為自己安身立命的根本。儒家是以「人」為中心畫圓，搭建起一套價值體系；道家則是以「天道」為起點連線，去探索宇宙的規律。雖然兩家的視角不同，但它們一起勾勒出了中國傳統思想的豐富畫卷。道家核心「無為」，並非教人怠惰放任，而是主張拋卻「自以為是、違背自然規律」的盲目作為。它強調順應萬物本然，放下試圖改變人性、扭曲事物本質的執念，以及過度干預的刻意行為。人若被名利之心牽引，終日向外攫取，最終必將在物欲糾纏中迷失本真。

要辨明何為「人為」、何為「自然」，關鍵在於行動前稍作停留，反思自身想法究竟是順應事物本然的發展邏輯，還是被攀比、控制等欲望所驅使。儒家和道家的區別，就好像江河和高山：儒家教導人們在人世上磨練出擔當，道家則讓人在天地之間學會敬畏。孔子選擇儒家這條路，正是因為他明白，只有先在人的世界裡站穩腳跟，才能真正領會「天道」的教誨。

道家之源，全生避害

道家思想誕生在東周那個亂糟糟的時代，就像夜空中的北斗星，聚焦在「全生避害」這個終極問題上。道家認為，生命本乎天道，唯有順應自然法則、護全生命本質，方是通往幸福的不二途徑。此「全生」理念，實為對生命價值的深刻覺悟，而非世人誤解的自私自利之見。

楊朱說的「拔一毛而利天下，不為也」，經常被人誤解成極端自私。但要是深入去理解就會知道，這句話可不是拒絕幫助別人，而是在提醒大家：不要用「大義」的名義，強行去扭曲生命的自然狀態。當「拔一毛」變成了「利天下」的道德綁架，個體

悟道德2

生命價值被集體需求隨意踐踏，那就違背了天道對生命的尊重。

道家這個理念和儒家形成了鮮明對比。儒家把「修齊治平」當成自己的責任，把家族責任看作維繫人倫的基礎，叫「有父」；把天下擔當當作守護社會秩序的使命，叫「有君」。在孟子眼裡，拋棄家族責任就是「無父」，推卸天下擔當就是「無君」，這樣的行為跟禽獸沒啥區別，這也充分體現了他對倫理秩序的堅持。孟子批判楊朱「無君」、墨子「無父」，本質上是兩種價值觀在激烈碰撞：道家守護生命的自由和純粹，儒家追求社會的秩序和責任；一個往內回歸生命本質，一個向外構建人間道義。

要是只從儒家的角度去看楊朱「拔一毛而利天下不為」的主張，很容易就把他當成極端利己主義者。但要是深入研究道家思想，就會發現這背後藏著對生命價值的深刻思考：人活在這世上，到底什麼才最值得珍惜？道家給出的答案一針見血，只有源於天道的生命，以及順應自然的生活，才具有終極價值。

道家批判，回歸本真

道家認為，那些被大家推崇的儒家聖人，追逐名利的官員，還有為了財富忙忙碌碌的人，其實都掉進了「為了外物犧牲自己」的陷阱裡。聖人為了所謂的「大義」犧牲了生命本真，官員為了虛名失去了自然天性，老百姓為了財富忽視了健康生活，大夫為了家族榮耀透支了自己。這些看起來高尚或者很實際的目標，實際上破壞了上天賦予生命的原本樣子。道家的批判，可不是否定責任和奉獻，而是提醒大家別讓外在價值改變了生命本質，呼籲回歸「全生保真」的自然之道——生命的尊嚴，從不繫於外物的纏縛，而在於順任本真的舒展。

悟道德2

道家「保全生命，避免傷害」的核心，可不是讓你逃避火山、地震這些自然災害，這些是天道正常運轉，就像四季更替一樣，躲不掉也不用躲；它真正要警惕的是社會生活裡的「人為傷害」。這些「傷害」都是人類的欲望和刻意造作弄出來的，比如扭曲人性的名利追求、違背自然的價值標準。你看貓狗順著本能生活，根本不用刻意去「保全生命」；可人類卻常常被各種人為的觀念束縛住，反而得費勁去保持生命本真。

要理解道家智慧，首先就得學會分辨哪些是違背自然的「人為」因素。遺憾的是，世人多誤將追逐名利、沉溺欲望視作人生正途，恰似飛蛾撲火般甘願投身灼熱幻境。即便讀懂《道德經》中「禍兮福之所倚」的辯證智慧，一入現實的名利場，仍難敵欲望驅使，重蹈「以物累形」的覆轍。

這就是實踐道家思想的兩大難點：既要能看穿人為傷害，又要有勇氣拒絕參與進去。前者需智慧洞察，後者賴定力自持，二者缺一不可。真正的道家智慧，從非僅存於腦海的知見，更需從根本上顛覆對生命的價值認知——不是在概念裡辯證「有為」與「無為」，而是在舉手投足間體現對生命本真的尊崇，在誘惑叢生的人間煙火裡，守住「順任自然」的覺知之光。

自然至珍，全生本義

用道家「道法自然」的標準來看，世上再也沒有比生命本真、自然生活更珍貴的東西了。楊朱說的「拔一毛而利天下不為」，可不是小氣自私，而是提出了一個很本質的哲學問題：還有啥比保全生命的完整和純粹更重要呢？此即道家「全生避害」的核心要義——它並非教人消極避世，而是守護生命順乎天道的本然狀態。

道家警惕的「害」，不是火山、地震這些不可抗拒的自然災害——這些是天道正常運作，就像四季交替，躲也躲不掉，也不用躲；而是人類社會因為過度欲望和刻意造作弄出來的「人為之害」。追求名利把心性扭曲了，爭權奪勢把生命耗損了，這些人類自己弄出來的精神枷鎖，才是生命完整的真正威脅。換句話說，「避害」是「全生」的必然要求：要是沒有這些人為干擾，生命本來就該像溪水一樣順其自然地流淌，哪還用強調「保全」呢？

緣起性空，全生避害

佛家「緣起性空」的智慧告訴我們：萬物都是因緣湊在一起

才形成的，杯子的樣子是由材料、工藝決定的，它的用途也會隨著使用場景變化；「老師」「丈夫」這些身份也是因為有其他人存在才成立的。世間本來就沒有永遠不變的東西，所謂的事物不過是各種條件組合的短暫呈現。明白了「緣起」，就能領悟「性空」。道家「全生避害」的理念，同樣包含著相互依存的辯證關係：「全生」是目標，「避害」是方法，本質上都是尊崇和回歸生命的自然規律。

我們總以為酒杯是實實在在的東西，可它真的永遠不會變嗎？仔細想想，杯子就是泥土、水，加上高溫燒制這些條件湊在一起才有的。材料用完了、形狀碎了，或者被拿來裝煙灰，它就不再是「杯子」，變成煙灰缸了。「老師」「丈夫」這些身份也是這樣，靠各種條件才能存在。世間萬物都像拼圖一樣，條件一變，身份和形態也就沒了。

悟道德2

只有放下對「固定不變」的執著，才能明白：不管是器物還是身份，都是流動的、暫時的存在，只有接受這種變化，才能跳出認知的局限，領會世界的真實面貌。

道家「全生避害」裡，「全生」的本質其實就是「避害」。要是世界像平靜的湖面一樣自然，生命本來就該像草木生長一樣順其自然，根本不用刻意去「保全」。道家提出這些概念，就是因為人類世界到處都是偏離天道的暗礁。

山野裡的貓狗，餓了就找吃的，困了就睡覺，高興了就互相追逐玩耍，順著本能，純粹地展現著天性，根本不用費心去想怎麼「全生」。反觀人類，卻被名利場上的算計、世俗標準的束縛、欲望的填補這些「人為」的枷鎖，拽離了生命本真的狀態。

知行合一，守護本真

道家講的「全生避害」，聽著簡單，做起來可難了。最大的難題就是：怎麼辨別人類自己搞出來的麻煩？可惜好多人都搞反了，覺得追名逐利就是成功，沉迷欲望就是享受，根本不知道這些是束縛人生的枷鎖。

《道德經》教我們用「道法自然」的眼光看世界。比如，追求權力地位，是真的熱愛事業，還是為了虛榮？追求物質享受，是真的需要，還是被消費主義帶偏了？

這種分辨能力，得不斷學習、思考才能有。認出「人為之害」只是第一步，更難的是不參與進去。好多人讀過《道德經》，能說出「高以下為基，貴以賤為本」這些道理，可一進到名利場，就被欲望控制了。

道家智慧可不只是明白就行，而是要一輩子去修行。辨認「人為之害」需要清醒的認知，拒絕參與需要勇氣和定力。只有闖過這兩關，才能真正領會「全生避害」的深刻內涵，守住生命的本真和自由。

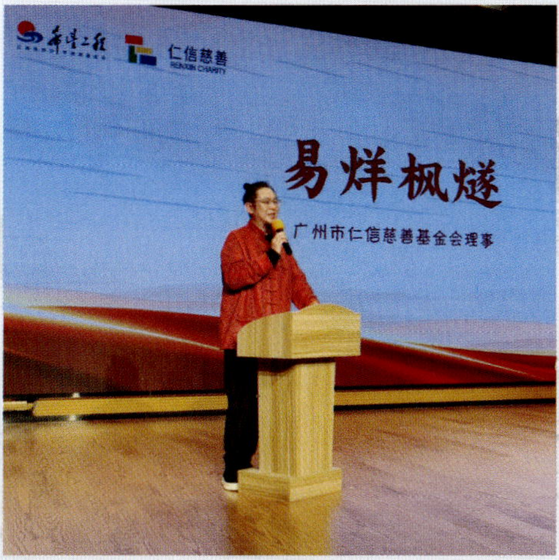

▲仁心載道，化儒風道雨潤當代善意。

悟道德2

第五章

自知之明：道家的為人處事之道

自勝為強，內在超越

道家的智慧、道家的思想境界，老子在《道德經》的許多章節中都已淋漓盡致地展現。但這些高妙的道理，最終都要落到實處，落實到我們這些凡夫俗子，活在這紛紛擾擾的世界上，究竟該怎麼做人，怎麼處事。中國哲學，從來就不是書齋裏的空談，它向來強調實踐的精神，說得更根本一點——中國道學，它本身就是生活。你捧起一本中國哲學經典，就是在細讀生活這本無字大書。

我們學習道家，領會道家的智慧，然後在生活中運用，我們是有可能成為圓滑的人的。——只是說可能，也可能不會成為圓滑的人，這取決於你是不是放棄儒家。如果你守住道家的思想，同時拒絕儒家的智慧，那麼在生活實踐中，就真的可能成為一個

悟道德2

圓滑的人，一個徹頭徹尾的「老油條」。

但中國的國民性格還有一個基本方面——道家其實不是國民性格的基本方面。中國國民性的基本方面是儒家，直到今天的中國人依然如此。我們向來有一個「推己及人」。向來有一個「老吾老以及人之老，幼吾幼以及人之幼」。我們看到他人的苦難，必生惻隱之心。那種發自內心的不忍。中國人叫「能近取譬」，用老百姓通俗的話叫將心比心。

在這個意義上，儒家基本精神一直在。它像一根定海神針，紮在我們文化的最深處。然後再補充道家的智慧，叫「儒道互補」。但仍以儒家為根本。這個「本」字，太重要了。沒有這個「本」，道家的「用」就可能走偏，變成純粹的投機取巧，變成毫無底線的「圓滑」。那樣的「圓滑」，就不是智慧，而是雞賊了。

我們判斷當下二十一世紀的中國人。雖然社會出現種種病症。有令人髮指的、醜惡的社會現象發生。比如那些為了蠅頭小利就坑蒙拐騙的。比如那些見死不救，袖手旁觀的。但這些醜惡現象被普遍地譴責了，而不是被認同了。大家還是會罵，會指責，會覺得「這不像話」。這就說明，我們還是繼續講一個是與非、善與惡的。我們還是儒家精神的傳承者。那份對公平正義的渴望，那份對善良的認同，那份對醜惡的鞭撻，依然是我們社會的主流聲音。

所以，別擔心道家的智慧會把我們都變成「老滑頭」。只要儒家的根還在，道家的「圓通」就是一種處世的藝術，一種生存的韌性。而不是道德的淪喪。

悟道德2

《道德經》第三十三章，開篇便是：「知人者智，自知者明。勝人者有力，自勝者強。知足者富。強行者有志。不失其所者久，死而不亡者壽。」

道家智慧的深邃之處，在於將「知」的維度從外物轉向自我。老子以「智」與「明」為尺規，劃分出兩種生命境界：「知人者智」是對外部世界的察見，「自知者明」則是對內在本真的洞察。這種「明」，非簡單的自我認知，而是如鏡鑒般清明的自我觀照——既看見稟賦之所長，亦直面人性之所短。

戰國時期，趙武靈王推行「胡服騎射」，看似是軍事制度的改革，實則是對中原「華夷之辨」固有觀念的突破。他摒棄「華夏至上」的傲慢，承認遊牧文明在戰術上的優勢，這正是「自知者明」的典範。反觀項羽，空有「力拔山兮氣蓋世」的武勇，卻因不能正視剛愎自用的缺陷，最終落得「自刎烏江」的悲劇，印證了「自勝者強」的深刻哲理——真正的強大，始於對自我局限的超越。

道家的「自勝」，並非與自我的激烈對抗，而是如流水般順應本性的修正。《莊子·養生主》中「庖丁解牛」的寓言，揭示了「以無厚入有間」的智慧：順應肌理結構而非強行切割，恰似在自我完善中保持對本性的尊重。現代人常陷入「自我改造」的焦慮，或盲目追隨「成功學」範本，或因短板而自我否定，實則背離了道家「輔其自然」的真諦。真正的自勝，應如陶淵明「不為五斗米折腰」——不是與世俗的對抗，而是對內心操守的忠誠守護。

知足常樂，以道為智

《道德經》繼續説，「知足者富」。什麼叫「富」？現在「富」的標準好像很客觀，身價多少多少。萬億身家「富」嗎？不。真正的「富」是，對自己很瞭解，知道我只要擁有這些就很好，我的生活就很ＯＫ，這才是「富」。你無窮無盡地追求財富增長，其實更多的財富跟你啥關係都沒有。你天天背著它，其實你很窮。這叫「富室窮人」。意思是，這個房間很富麗堂皇，樣樣都是好東西，但呆在裏面的人是窮人。

老子「知足者富」的論斷，如同一面棱鏡，折射出世人對「富有」的認知偏差。物質的積累是有限的，而精神的自足是無限的。傳統命理學中「富室窮人」的格局，恰是對這種偏差的隱喻：若精神承載力不足，縱有萬貫家財，也難填內心的匱乏。西晉石崇以「鬥富」聞名，用蠟燭當柴燒、以絲綢鋪屏障，看似極致富有，卻在權力鬥爭中淪為刀下之鬼，印證了「甚愛必大費，多藏必厚亡」的天道規律。

在消費主義盛行的當代，「富室窮人」的現象呈現出新的形態。年輕人沉迷於「精緻窮」的怪圈，用分期付款購買超出經濟能力的奢侈品，表面上光鮮亮麗，實則陷入「以物役我」的困境。道家主張的「知足」，並非否定進取，而是宣導在欲望與能力之間找到動態平衡。就像蘇軾在《赤壁賦》中所悟：「苟非吾之所有，雖一毫而莫取」——懂得對不屬於自己的東西放手，才能真正擁有生命的富足。

值得深思的是，「知足」與「知不足」並非對立。孔子「學而不思則罔」的告誡，與老子「為學日益，為道日損」形成微妙呼應：在知識積累上「知不足」，在物質貪欲上「知足」，方是完整的生命智慧。現代人常將二者混淆，在精神追求上「知足」，在物質佔有上「知不足」，這正是焦慮與空虛的根源。

然後說「強行者有志」。「強行」不是和別人戰鬥，是「勤而行之」。你對「道」有領會，「上士聞道，勤而行之」，那叫「強行」。就是讓自己是生命實踐成為「天道」的體現，這是你真正的志向。不要把發財當志向。真正「有志」的人，是身體力行「天道」，那叫「為道」。

「不失其所者久」。我們要守住自己應該守住的，就是不背離「天道」，才能「久」。「天道」無處不在，你去領會該怎麼生活，一個讓你安適的生活才是長久的。這個思想儒家也有的。中國哲學中的道家智慧，不能和儒家思想對立起來的。儒家有許多思想和道家是一致的，這些是儒家中的道家智慧。

最後一句，「死而不亡者壽」。這講的是精神的不朽，文化的傳承。肉體會消亡，但精神可以長存。這才是真正的「壽」。

▲損欲簡心，自照明性，光生天地間。

知足知止，順應天道

那怎麼辦呢？老子給出了藥方：「知足不辱，知止不殆，可以長久。」這十二個字，真是千古良言。「知足不辱」，懂得滿足，知道自己擁有什麼已經足夠了，就不會自取其辱。「知止不殆」，知道在什麼時候、什麼地方停下來，就不會陷入危險的境地。懂得適可而止，才能保身避禍。

「可以長久」，這才是最終的目的。道家追求的不是一時的風光，不是短暫的輝煌，而是長長久久的安穩與自在。怎麼才能長久？就是要知足，知止。不被過度的欲望所驅使，不把自己置於危險的境地。這樣，你的生命才能像那細水長流，綿延不絕，安然度過一生，這才是真正的人生智慧。

《道德經》第四十四章以「名與身孰親？身與貨孰多？」的叩問，直指世人「以身殉名／利」的迷局。「知止」的智慧，本質是對「度」的把握——在功名的追逐中守住生命的根基，在事業的擴張中保留轉身的餘地。

歷史長河中，范蠡與張良的選擇堪稱「知止」的典範。范蠡助勾踐複國後，即刻「乘扁舟浮於江湖」，避免了「兔死狗烹」的悲劇；張良在西漢建立後，以「願從赤松子遊」為由退隱，遠離權力中心的紛爭。他們的「止」，不是消極避世，而是對「物壯則老」規律的清醒認知。對比之下，秦朝丞相李斯，一生追逐權力，甚至助趙高篡改遺詔，最終卻落得「腰斬於市」的下場，臨終前對兒子感歎「欲與若複牽黃犬俱出上蔡東門逐狡兔，豈可得乎」，道盡了不知止的悔恨。

悟道德2

在現代社會，「知止」的智慧更具現實意義。企業界曾盛行的「狼性文化」，鼓勵員工「永不滿足」「血戰到底」，卻頻發「過勞死」事件，暴露出不知止的弊端。反觀日本「經營之聖」稻盛和夫，在京瓷發展巔峰期選擇「敬天愛人」的經營哲學，主動放緩擴張節奏，注重員工福祉，反而使企業歷經多次經濟危機仍屹立不倒。這種「止」，恰是道家「動善時」的體現——不是停滯，而是在恰當的時機調整節奏，如同弓拉滿則易斷，人生需留有餘地。

對於個體而言，「知止」意味著清醒認識自己的「能量邊界」。就像登山者明知頂峰在望，卻因暴風雪來臨選擇下撤，這不是放棄，而是對生命的敬畏。現代人常以「堅持就是勝利」為信條，卻忽視了「止」有時比「進」更需要勇氣與智慧。

什麼是符合「天道」，什麼是背離「天道」？咱們別扯那些玄乎的，就用大白話，用生活裏的事兒來講。比方説，人餓了要吃飯，這天經地義，符合「天道」。因為老天爺給你造了個胃，胃是會餓的，餓了就得填東西，這沒毛病。你想吃點好的，山珍海味，龍蝦鮑魚，吃到了，心裏舒坦，那也對。咱們中華民族，農業文明源遠流長，這農業文明一發達，飲食文化自然也就跟著講究起來。我自己也天天琢磨著吃點啥好的，什麼淮揚菜的精緻，川菜的火爆，粵菜的鮮美，那幾大菜系輪著來，恨不得頓頓不重樣。這都沒問題，都不是道家要給你挑刺兒的地方。

問題出在哪兒呢？出在你吃不到那些美味佳餚，心裏就堵得慌，吃嘛嘛不香，覺也睡不好，這就叫病來了，得治。你今天搓了一頓滿漢全席，明天沒那條件了，只能吃點粗茶淡飯，你也能吃得津津有味，這就沒毛病。可你要是昨天剛品了佛跳牆，今天

悟道德2

對著一碗陽春麵就唉聲歎氣，覺得人生了無生趣，那可就叫「不知足」、「不知止」了。讓那些大廚們去折騰他們的九轉大腸、開水白菜吧，咱們呢，吃到了，樂呵樂呵；沒吃到，也別影響心情，喝碗白粥照樣能品出米香——這才是道家的態度。

當然了，人類文明要不斷往前發展，這大方向是沒錯的。但道家呢，有時候對這點就持保留意見，甚至有點唱反調的意思。這一點，咱們也不能全盤照收。道家不是每一句話都是放之四海而皆准的真理。你比如說，老子主張「小國寡民，老死不相往來」，這在今天這個全球化的時代，顯然是不可能的嘛，各位。地球都成村了，你還想雞犬之聲相聞，民至老死不相往來？這肯定是我們不能接受的。

道家確實是說，我們每一個人啊，都不要過於「人為」，少折騰。但文明的進步，很多時候恰恰就是「人為」的結果。道家不太主張文明這麼個搞法，最好連那些精巧的器物都別用，什麼人工智慧啊，什麼高科技啊，在他們看來，都屬於「奇巧淫技」，不是什麼好東西，不如回歸那種最質樸、最原始的生活狀態。這是道家的看法，他對文明的進步是持一種批評態度的。但這一點，我們現代人恐怕是難以苟同的。

所以說，光靠一個道家，是撐不起咱們這麼大個文明的。中國文化的好處就在於，它不偏執一端，它有儒家在那兒壓艙。「儒道互補，以儒為根本」，這一點我得再強調一下。我們不能說讀了一本《道德經》，就覺得天下所有的智慧都在這裏頭了，別的書都可以束之高閣了——那可就大錯特錯了。讀《道德經》，最大的好處是讓我們能夠發現自己身上的毛病，讓我們知道，該做

悟道德2

滅法的時候，就必須果斷地滅，別死撐著，別強出頭，「強梁者不得其死」，硬充好漢的，往往沒什麼好下場。我們的生活呢，儘量在一種正常、平穩的狀態中保持著，這才能「長久」——這是道家教給我們的。

這麼看來，道家似乎是反對我們去經歷那種大起大落、波瀾壯闊的人生的。有的人可能會說，我就喜歡刺激，就喜歡那種心跳加速的感覺，人生嘛，不折騰哪有滋味！其實啊，那所謂的大起大落，很多時候是你自己主宰不了的。你一味地背離「天道」，胡作非為，最後落得個跌宕起伏、身心俱疲的下場——這可不是道家所主張的活法。

看到很多古代的一代梟雄，「知止」了嗎？當初高歌猛進，攻城掠地，何等風光。結果呢？「不知止」，剎不住車，現在「辱」了吧？「殆」了吧？整個人都陷在那個危殆的泥潭裏，前途未蔔。我們也不知道他最後會怎麼樣，但眼下這光景，確實是夠懸的。他要是早點讀懂《道德經》，明白「知止不殆」的道理，何至於此？當初賺得盆滿鉢滿的時候，就該想想「功遂身退」，而不是繼續在那「人我別」的怪圈裏跟人「競比」，總想壓別人一頭，結果把自己給壓垮了。這些活生生的例子，不就是《道德經》最好的註解嗎？

悟道德2

悟道德2

第六章

「有」與「無」的辯證：空杯心態的力量

道本無名，言說難盡

《道德經》一開場，便直探宇宙的本源——「道」。老子劈頭就說，「道」，既是「無名」，又是「有名」。何謂「無名」？那是天地混沌未開，萬物尚未分化，一切名相皆不存在的那個初始狀態。你管它叫什麼，都差了那麼點意思。就像你指著一個未雕琢的璞玉，說它是杯子、是碗，都不對。它就是它，潛藏著無限可能，卻無一定名。所以說，「道可道，非常道；名可名，非常名」，這不是老子故弄玄虛，而是點破了語言的局限。我們不得不借「道」這個字來言說，但說出口的瞬間，已非那個恆常本然的「道」了。勉強稱之為「無名」，已是落入言詮，有點自相矛盾的意味，但這正是理解「道」的微妙之處。

而何謂「有名，萬物之母」？一旦事物被賦予名稱，區別就出來了。「杯子」不是「桌子」，「水」不是「火」。如同母親生育子女，個個不同，各有其名，這才有了紛繁複雜的萬千世界。語言創造了秩序，但也同時割裂了「道」的整體性。

有無觀照，玄之又玄

那麼，這不可言說的「道」，又該如何去體會呢？老子給了兩把鑰匙：「有」與「無」。所謂「常無欲，以觀其妙」，就是要你放下心中的條條框框，滌除雜念，不帶任何預設和期盼，像一面澄澈的鏡子，去映照事物最精微、最本初的奧秘。你心裡若想著「這非得是個啥」，那「妙」就被你的「欲」給遮蔽了。反過來說，「常有欲，以觀其徼」，則是在你有了明確的意圖，想要去認識和使用某個事物時，你就能看清它的邊界、它的功用、它與其他事物的分別。一個是靜觀其本，一個是動察其末，兩者缺一不可。

至於學者們爭論不休的「常無，欲以觀其妙」還是「常無欲，以觀其妙」的斷句問題，甚至馬王堆帛書裡「欲」字後面還多了個「也」字，似乎想給這千年公案畫個句號。說實在的，標點符號固然重要，但若因考證而曲解了「義理」，那可真是買櫝還珠了。你能想像跟老子說：「老先生，您這書第三句的標點，我看有點問題……」他老人家怕是撚著鬍鬚，微微一笑，不置可否吧？關鍵還是要抓住那「有無相生」的「玄」奧。這「玄」，不是黑黢黢什麼都看不見，而是幽深莫測，是「有」和「無」的統一體。

有無示例，妙用顯真

再拿香港人人手上都帶的勞力士來說事。從「有」的角度看，它是勞力士，能看時間，值老鼻子錢了，戴出去特有面子。這是它的「徼」，它的功用，它的社會屬性，清清楚楚，明明白白。可要是半路殺出個劫匪，你情急之下，壓根兒沒想起「哎喲我這錶貴著呢，可不能磕壞了」，而是順手抄起，照著劫匪腦門子就是一下。這名錶立時三刻就成了防身利器，這就是「妙用」——跳出了它原有的定義，發揮了意想不到的功能。錶還是那塊錶，是你那「常無」的心境，讓它顯現了「妙」的可能。

這「有」與「無」的轉化，可不是一次性的魔術。「玄之又玄」，是一層深一層的體悟。你從一個具體的「有」出發，通過「無」的觀點（放下固有認知）去觀照，它就可能昇華為一個包含了「妙用」的新的「有」。前者是「定用」，死規矩；後者是「妙用」，活智慧。這個循環往復、不斷否定的過程，就是「眾妙之門」，通往一切智慧的法門。這道理，不僅適用於鐘錶，更適用於我們如何看待世間萬物，如何解決生活中的種種難題。

語言兩面，道體難彰

說到底，語言這東西，真是讓人又愛又恨。沒有它，我們無法思考，無法交流，文明也無從談起。可一旦想用它去描述那本來「無名」的「道」，它就捉襟見肘了。你說「道是仁慈的」，那「道」就不包含嚴酷嗎？你說「道是永恆的」，那「道」就不體現在刹那的生滅中嗎？

那位德國哲人海德格爾，也為此苦惱過。他說「語言是存在的家」，我們活在語言之中，思考在語言之中。語言能將「存在」從幽暗中彰顯出來，賦予其光明。但同時，語言也框定了「存在」，將其變成了具體的「存在者」，給它貼上了標籤，那份原始的、渾然的「存在」本身反而被遮蔽了。這思路，跟老子對語言的警惕，簡直是不謀而合。難怪海德格爾對老子推崇備至，還特意把《道德經》裡「孰能濁以（止）靜之徐清，孰能安以（久）動之徐生」這兩句，工工整整寫下來，掛在書房牆上。這兩句話，可真是道盡了「無為」的精髓。

動靜相生，道法自然

「孰能濁以（止）靜之徐清？」這話妙得很。一潭濁水，你越是著急忙慌地去攪和，想讓它快點變清，它反而越渾。老子說，你別管它，讓它靜靜地待著，那些泥沙自然會慢慢沉澱下去。這就是「無為」，不妄加干預，反而達成了「清」的結果，是謂「無不為」。這不是叫人躺平，這是大智慧。

儒家講「克己復禮」，要時刻警醒，主動修為。《周易》講「窮則變，變則通」，鼓勵人遇到困境要主動尋求變化。禪宗說「饑來吃飯，困來即眠」，看似順其自然，但更側重的是主觀心性與當下行為的合一。老子的「道法自然」，則更強調順應宇宙客觀的、本然的運行規律。

再看「孰能安以（久）動之徐生？」即便是在安定的狀態下，也需要有內在的、持續的「動」，才能保持生機。一潭死水，時間久了是要發臭的。這「動」，不是瞎折騰，而是像草木在冬天休養生息，看似不動，實則內部生機不斷，為來春勃發積蓄力量。企業安穩了，也得小步快跑，搞點「微創新」，才不至於被後浪拍死在沙灘上。這一切的關鍵，在於那個「徐」字——不疾不徐，恰到好處，遵循事物自身發展的節奏。這道理，用來應對當下的種種變故，無論是疫情的反復，還是職業的轉型，都極具啟發。真正的智慧，不是硬來，而是看清規律之後的順勢而為。蘇東坡說「靜故了群動，空故納萬境」，這不正是「濁以靜之徐清」的最好註解嗎？

東西互鑒，哲思相通

海德格爾晚年那股子勁頭，一門心思要跟東方哲學，尤其是道家思想接上軌，甚至還跟蕭師毅先生一道，鼓搗過《道德經》的德文翻譯。他書房牆上掛著那兩句「孰能濁以（止）靜之徐清，孰能安以（久）動之徐生」，可不單單是搞學術研究的標記，更像是一面鏡子，照見他晚年思想的深層轉向，那份想掙脫西方形而上學傳統束縛的迫切。尤其在經歷了納粹那段不堪回首的歲月，政治上的失意讓他對喧囂的技術文明產生了深刻的警惕與反思。老子這「徐清」、「徐生」的智慧，就如同他思想風暴中的定風丹，成了他對抗那個時代的浮躁喧囂、固守思想獨立的精神支柱。他常說，「哲學的任務是退後一步，讓存在自身言說」，這話聽著，是不是跟道家那「無為而無不為」的調調有幾分神似？實際上，這也是他自身龐大思想體系的一個精煉註腳。他用「徐清」的沉潛，去對抗技術時代那種恨不得把自然開膛破肚的「暴力」；用「徐生」的從容，去消解功利主義那套把時間切割成碎片的短視。他在「濁」與「淨」的轉化中，苦苦追尋存在的本真樣貌；在「動」與「靜」的相成中，探求一種詩意的棲居。可以說，這是他對現代性危機，那種精神荒蕪、意義失落的最終回應——只有回到自然的節奏，回到存在的本真，才能擺脫技術帶來的精神牢籠，重新獲得生命的澄明與安寧。更有意思的是，

悟道德2

「安以（久）動之徐生」這句話，揭示了靜止之中反而蘊藏著勃勃生機的辯證關係，這跟海德格爾早期在《存在與時間》裡頭提出的「時間性」概念，那種強調「向死而生」、在有限中把握無限的深邃思考，簡直是異曲同工，都是在反抗技術時代那種把時間工具化、碎片化的粗暴做法。

「道」，確實不是三言兩語能給你掰扯清楚的。不過，倘若真能領悟到那份「天地境界」，就能跳出那些有形有款的概念的束縛，回到一種無形無狀的狀態。到了那一步，你自然就明白了，這世界真正的主宰，並不是我們嘴皮子底下那些有限的詞彙，那些名相，「無形」才是根本。這個思想，簡直是為後來中國文化理解和消化佛學，提前打下了一塊至關重要的思想地基。正因為有道家這份「道可道，非常道」的智慧打底，我們後來才能那麼順暢地理解禪宗「不立文字，教外別傳」的精髓——真正的真理，它不在那些寫在紙上的文字裡，也不在那些囉囉嗦嗦的概念堆裏。對於那個最根本的「道」，你一旦想用語言去框定它、去描繪它，它就已經不是那個原汁原味的「道」了，所謂「不說即是，說了即不是」，你越描越黑。佛家、禪宗和道家，在對待名詞、概念和語言的局限性這點上，那可真是英雄所見略同，有不少共通之處。就連遠在西方的哲學家維特根斯坦，琢磨到最後，也說過類似的話，他說語言啊，不過是一種生活方式，一種遊戲規則。對於那些真正無法用語言來表達的東西，我們最明智的選擇，就是保持沉默。這跟東方哲學那份對「言不盡意」的深刻體認，簡直是不謀而合，殊途同歸了。

經典相承，辯證貫通

《道德經》這第一章，說是道家思想的總綱，也不為過，算

悟道德2

是個入門的敲門磚。雖然你讀《道德經》會發現，它不像咱們寫論文，章節之間沒有那麼嚴格的邏輯順序，你從哪一章開始讀，其實問題都不大。但這第二章提到的「有無相生」，跟第一章那「道可道，非常道」的討論，那可是聯繫得相當緊密，前後呼應，最好是把它們倆當成上下集，連起來讀，味道才足。「有無相生」這個觀點，可以說是道家辯證法的核心，精髓所在，在生活中的方方面面都能找到印證，值得我們反覆琢磨，細細品味。

你看《道德經》第二章一開頭就說：「天下皆知美之為美，斯惡已。」這話什麼意思？就是說，當天下所有人都公認某種東西是「美」的時候，那「醜」的概念，也就同時被你給標定出來了。沒有醜，哪來的美？它們是一對孿生兄弟，相互依存，缺一不可。同樣的道理，「皆知善之為善，斯不善已」，當你明確了什麼是「善」，那「不善」的標準，也就跟著浮現水面了。這種你中有我、我中有你、互為前提的辯證關係，正是「有無相生」這一深刻哲學思想的具體體現。美醜是這樣，善惡是這樣，推而廣之，貧富、長短、難易這些看似對立的概念，其實都是一個娘胎裡出來的——有富，必然是因為有窮作對比；有長，也少不了短來襯托；沒有「難」的體驗，又怎知「易」的可貴？它們相互依存，彼此成就，共同構成了這個複雜世界的豐富面貌。

接著，老子就跟раскладывать по полочкам（俄語：分門別類解釋）似的，進一步解釋：「故有無相生，難易相成，長短相形，高下相傾，音聲相和，前後相隨。」這些看似水火不容的對立概念，實際上是相互成就、彼此映襯的。你想想，一粒沙子，你看著它夠小了吧？但總有比它更細微的塵埃存在。所以說，大小、長短這些，都是相對而言，沒有絕對的標準。聲音呢？如果只有一個單調的音符，那不成噪音了嗎？正是有了高低起伏、抑揚頓挫的變化，才能譜寫出和諧動聽的樂曲。至於前後，那更是因為彼此相伴相隨，才有意義。沒有「前」，哪來的「後」？它們就像影之隨形，誰也離不開誰。

無為而治，聖者之道

基於這些你來我往、相生相成的辯證關係，老子順理成章地拋出了他的核心主張：「是以聖人處無為之事，行不言之教。」這句話可得仔細琢磨。在道家的語境裡頭，這裡說的「聖人」，你可別想當然地以為是儒家推崇的那種道德完人、人格楷模。不是的。老子這裡的「聖人」，特指的是治國者，是那些手握權柄的君王。道家認為，一個高明的治國者，就應該像那「道」一樣，秉持「無為」的原則。啥叫「無為」？不是叫你啥也不幹，躺平了當甩手掌櫃。而是說，別瞎折騰，別過度干預，少發號施令，多用你自身的行動去做出表率，去潛移默化地影響百姓。具體怎麼做呢？老子也給出了方略：「萬物作而弗始」，翻譯成大白話，就是順應萬物自然生長的規律，別跟那揠苗助長的傻把式似的，硬要給萬物規定個起跑線，強行推動。你看那春華秋實，自然有它的節奏，你著什麼急？「生而不有」，百姓辛勤勞作，創造了物質財富，你作為治國者，別把它們都當成是你自己的私產，巧立名目搜刮殆盡。「為而不恃」，就算你確實有能力，做了不少實事，也別因此就自以為了不起，覺得離了你地球就不轉了，成天擺出一副救世主的架子。「功成而弗居」，取得了再大的功績，也別天天掛在嘴邊，到處宣揚，更別想著要論功行賞，把功勞簿寫得滿滿當當。正因為你不把功勞揣在自己兜裏，這功績反而能長久地留在人們心中，不會隨著時間的流逝而消失。

《道德經》裡頭，有相當一部分內容，說白了，就是寫給那

悟道德2

些當領導的看的。你想想那東周末年，是個什麼光景？天下大亂，禮崩樂壞，各個諸侯國的國君們，治理國家的方式五花八門，稀奇古怪，三天一個新花樣，五天一個大折騰，結果呢？亂象叢生，民不聊生。像《史記》裡記載的孟嘗君那樣，門下養著三千食客，裡頭居然還有學雞叫、扮狗盜的雞鳴狗盜之徒，靠這種手段解決危機，簡直是荒唐透頂！孔老夫子看不下去，駕著馬車周遊列國，希望能推行他那套仁政德治的理念，結果呢？到處碰壁，不是被人嘲笑不合時宜，就是被人敬而遠之。而老子呢，作為道家的代表人物，他可沒那份閒心去挨家挨戶地推銷自己的學說。他就冷眼旁觀，把時弊一條條指出來，至於你聽不聽，改不改，那就悉聽尊便了。所以，這第二章裡頭，老子講完了「有無相生」這些個辯證關係之後，話鋒一轉，順勢就給治國者們開出了藥方：你們啊，要學會秉持「無為」的理念，讓自己處於那種「空」和「無」的境界，順應自然的規律去治理國家，別總想著人定勝天，那樣瞎折騰，早晚得把自己折騰進去。

時代應用，智慧轉化

道家思想啟發我們，要學會從「無」的視角去重新打量「有」的意義，關鍵是要放下對那個「有」的死磕，也就是抱持「去執」的心態。你想想，平日裡風平浪靜，企業運轉得挺順溜，儒家那套修身齊家治國平天下的智慧，夠用了。你給企業定個奮鬥目標，五年規劃十年藍圖，再弄一套規章制度，KPI考核得明明白白，這些都沒錯，甚至可以說非常必要，非常合理，那是「為學日益」，添磚加瓦。

可要是企業一腳踩空，遇上了生死存亡的大危機，那時候，道家的智慧就格外值錢了。就好比你開的船，底下漏了個大窟窿，嘩嘩往裡灌水，船眼瞅著就要沉了。這時候，你作為船長，是抱著那本《遠洋航行操作手冊》逐條對照，還是先想辦法讓自己別跟著船一起沉下去？

企業家啊，這時候您先別急赤白臉地想著怎麼堵窟窿，怎麼力挽狂瀾。不妨先把自己從駕駛艙裡「請」出來，對，就是暫時靠邊站。把自己腦子裡那些宏偉的奮鬥目標，什麼「年底市場份額必須擴大百分之二十」，「三年內成為行業龍頭」，這些先放一放。還有那些引以為傲的制度規則，什麼「ISO9001 質量管理體系」，什麼「扁平化高效組織架構」，這些曾經讓你成功的「法寶」，也暫且擱置。這些東西，在太平年月是你的船帆和壓艙石，可到了驚濤駭浪裡，它們可能就成了你脖子上的磨盤，拽著你往下沉。這些都是你「人為」加上去的，是你過去成功的經驗，但經驗有時候就是陷阱，尤其是當「天道」變了的時候。

你可能心裡直打鼓：「我王老闆辛辛苦苦幾十年，白手起家創下這份家業，現在目標沒了，制度也靠邊站了，這企業還不當場散架？這不是胡鬧嘛！」真到了那生死存亡的關頭，這種看似「無為」的退讓，這種「損之又損，以至於無為」，恰恰是活命的關鍵。你得先把自己從那個焦頭爛額、深陷其中的「我」裡頭拔出來。你那個「我」，那個充滿了焦慮、不甘、固執己見的「我」，才是最大的障礙。

等企業家您真能把自己那些「人為」的因素，那些讓你睡不著覺的執念，暫時清空，就像電腦重啟一樣。企業它自己，這個由人、財、物構成的活的系統，它自然會開始折騰，會產生一些你意想不到的變化。這時候，您就搬個小板凳，沏壺茶，在旁邊靜靜地看著，當個「旁觀者清」。別插手，別指揮，就看著它怎麼變。說不定啊，亂著亂著，那問題的真正癥結，那個一直被你忽略的致命傷，它自己就浮出水面了。然後呢，解決的辦法，往往也就跟著冒出來了。這法子，不是你絞盡腦汁設計出來的，也不是哪個商學院教授教你的，它是順應著事物發展的那個「勢」，自然而然生長出來的，這就叫「道法自然」。

當然，「退出」這兩個字，說起來輕巧，做起來比登天還難。畢竟，這企業是你一把屎一把尿拉扯大的，是你多少個不眠之夜的心血結晶，是你的臉面，你的驕傲，讓你一下子撒手，那真是割肉一般疼。人啊，總是難以割捨自己親手創造的「有」。可你要是還像個沒頭蒼蠅似的，一頭紮在裡頭瞎撲騰，死死抱著過去那套不放，那情況保證只會越來越糟，最後真就一敗塗地，神仙難救。你越是想抓住，它流失得越快，這不就是「甚愛必大費，多藏必厚亡」的道理嗎？

只有把自己徹底抽離出來，從那個讓你痛苦不堪的「局」裡跳出來，你才能真正靜下心來，去領會那冥冥之中的「天道」，才能看清楚事物發展的真正規律。到了那個時候，企業家您啊，也就用不著花大價錢去請什麼外部的諮詢公司了。你以為麥肯錫那些穿著高級西裝、PPT做得天花亂墜的顧問，真能給你什麼靈丹妙藥？他們那一套，說到底還是「術」的層面，還是基於過去的數據和模型。可危機的本質，往往是「道」的層面出了問題，是「天時」變了。一旦你真正做到了「無我」、「無為」，把那些「人為」的遮蔽都清除了，那問題的本質，你看得比誰都透徹。你自己，就能成為這家企業最好的「諮詢師」，最懂行的「老郎中」。因為「道」不在別處，「道」就在你那顆清靜下來的心裡。你「弱」了，反而「強」了，這就是「道」。

悟道德2

▲煙起處觀有無，虛室生白待新機。

悟道德2

第七章

不可說的「道」：在生活中體悟玄之又玄

抽絲剝繭，尋覓道心

看完前面的章節，相信大家都迫不及待想知道，《道德經》這部典籍真正關注的核心問題到底是啥？

在探究《道德經》核心概念時，分析高頻詞語可是個重要方法。「道」「德」「無」「玄」「一」「大」等詞在書中頻繁亮相，常常被當作核心關鍵字候選。但《道德經》的思想核心並不是圍繞單一詞語展開，而是由一組相互關聯的關鍵字構成。

其實，有個常被讀者忽略的詞語，才是《道德經》真正的核心——「用」。在中國古代哲學裡，「用」佔有相當重要的地位；要是脫離了「用」，就很難真正讀懂相關的思想內涵。天才哲學家王弼在《道德經注》中，把《道德經》的思想高度概括為「以無為用」。筆者早年受此啟發，不過在深入研讀馬王堆帛書之前，一直都沒能觸及「用」這個核心。

《道德經》全書八十一章，其中有五章把「用」當作關鍵字。在這部精煉的著作裡，這樣的佔比充分體現了「用」的重要性；而且這些章節往往承載著《道德經》最為關鍵的思想。值得留意的是，「用」並不是孤立存在的，它跟「器」這個概念緊密相連。

格物致知，明辨器用

要理解《道德經》中「用」的智慧，首先得弄清楚「物」與「器」的本質差異。就拿一支粉筆來說：當它安靜地躺在講臺上時，只是個普通的「物」；只有當我拿起它書寫，黑板承接字跡，觀眾專注閱讀，粉筆才真正變成傳遞知識的「器」。這印證了一個道理：任何物品想要成為「器」，必須融入特定的「用」的關係網絡。在這個網絡裡，每件器物都與其他器物、使用者相互關聯、彼此定義。

「用」的關聯網絡就像一張不斷生長的大網。從一支粉筆往外延伸，不僅能關聯到書寫者、觀眾，還能引發「為何書寫」的追問，進而牽扯出教育體系、知識傳播、人類學習需求等宏大命題。這張網絡沒有邊界，始終處於動態延展之中：粉筆的使用，既得靠粉筆盒、黑板擦的配合；又跟造紙術、制墨工藝的傳承有關，甚至能延伸到文明演進的脈絡。

這樣一來，我們就不得不深入追問：到底是什麼力量編織起這張「用」的大網？又是什麼因素賦予普通物品「器」的功能與意義？這絕不是簡單的物理屬性轉變，而是涉及人類認知、社會協作、文化傳承的深層奧秘。只有解開這些問題，才能真正領會道家「用」的智慧——它不只是關乎器物的使用，更指向對世界運行規律和生命價值的深刻洞察。

破譯玄機，勘破名道

《道德經》開篇那句「道可道，非常道；名可名，非常名」，一上來就以深邃的哲思震撼人心。第一章中最具爭議的，當屬「故常無欲，以觀其妙；常有欲，以觀其徼」這句的斷句問題。千年以來，學者們各執己見：有人讀成「常無，欲以觀其妙；常有，欲以觀其徼」，把「常無」「常有」視為獨立概念；也有人堅持傳統斷句，可始終難有定論。

很多專家學者埋頭研究古籍，深入探討《道德經》的不同版本和字詞原意，他們的貢獻毋庸置疑。但要是過度糾結「哪個版本最權威」「哪個字最接近老子的原意」，很容易在古籍迷宮裡迷失方向，忘記《道德經》能流傳千年的根本原因：它旨在解答人生困惑，而不是成為文字考據的樣本。它教給我們的，是用「上善若水」的通透化解人際矛盾，以「無為而治」的智慧平衡工作與生活。

欲念觀照，體悟道性

讀《道德經》時，大家常常對「無」「無欲」與「有」「有欲」的斷句感到困惑，這背後隱藏著一個本質問題：道家是不是主張完全摒棄欲望？答案是否定的。從儒家「食色，性也」的直白，到道家「道法自然」的包容，中國傳統主流思想從來都沒走極端。因為欲望本質上是萬物與生俱來的生存本能。斯賓諾莎說：「欲

悟道德2

望就是自我保存的衝動」，這在萬物身上都能體現。就說粉筆吧，看似沒有生命，改變它的形態得靠外力，要是沒有外力干擾，它就保持原狀，這跟牛頓第一定律揭示的慣性還挺契合。生命體更是如此：樹木向陽生長，動物覓食求存，人類追求溫飽，都是為了讓自己活下去。區別在於，生命體能夠主動選擇吸收養分、規避危險，在動態平衡中延續生命，而這種本能選擇，本身就蘊含著「欲」的本質。

由此可見，絕對的「無欲」既不符合自然規律，也違背人性本質。中國古代哲學的智慧就在於承認欲望的合理性，同時強調「節制」與「平衡」。儒家提倡「克己復禮」，克制的是過度的私欲；道家主張「無為而治」，反對的是違背天道的胡亂作為。二者都是在尊重生命本能的基礎上，追求與自然、社會和諧共處。

這也解釋了為啥總有人把「無我」掛在嘴邊，卻很難真正做到。「我」是天地賦予的，不是個人意志能決定的。莊子說「其來不可圉，其去不可留」，孔子雖然沒這麼直白地說，但也有類似的見解——生命的誕生與消逝，都遵循自然法則。硬要否定「我」或者壓抑欲望，就會破壞這種平衡。

老子強調「無欲以觀萬物之生」，並不是否定欲望，而是提醒大家：主觀欲望太強，過度介入，會干擾事物的自然發展，破壞其本來的品質。比如現代農業為了追求高產量，濫用化肥，結果導致蔬果失去原本的味道；為了讓動物快速長膘，添加激素，使得肉類喪失天然口感。如今市場上的蘋果，能在盛夏放三個月才微微腐爛，看似「耐儲」，其實違背了果實在自然狀態下的成熟、衰敗規律，丟掉了記憶中那純正的果香。這種急功近利的「有欲」，違背了「道法自然」的真諦。真正的智慧是在尊重萬物生

悟道德2

長規律的前提下，合理發揮人的能動性，實現人與自然的雙贏。

順天應人，輔贊化育

中國古代的智者很會從生活小事裡感悟哲理。他們明白，放下功利心，用敬畏、謙虛的態度對待自然，才能領悟萬物生長的道理。就像農民順應季節耕種收穫，不強行干預作物生長，反而能收穫自然的饋贈。這不只是生存智慧，更是古老文明留給我們對待自然和生命的深刻啟示。

在探討人與自然的關係時，《道德經》的「輔萬物之自然」和《中庸》的「贊天地之化育」說得特別到位。「輔」是補充自然的不足，「贊」是順應規律加以輔助，都強調人應該適度參與，而不是強行控制。反觀現代流行的技術主義，試圖「代天地之化育」。自西方技術思潮傳入後，不少人陷入迷思，覺得有了先進技術就能解決所有問題。其實，中國古代道教早有類似的嘗試：道士們相信「我命由我不由天」，研究煉丹技術想突破生死界限，結果意外推動了瓷器的誕生——燒製瓷器的高溫窯爐技術，正是煉丹實驗的「副產品」；黑火藥的發明也很有戲劇性，道士們混合礦物質高溫煉製丹藥，沒想到搞出了這種具有強大爆發力的黑色粉末。

但歷史證明，技術並不是萬能的。古人執著於煉丹求長生，最後只留下斑駁的丹爐和散落的典籍。儒家和道家的智慧提醒我們，人類沒法取代自然的力量。人應該謙虛地「輔萬物之自然」，就像園丁照料花木那樣順應生命規律；以敬畏之心「贊天地之化育」，在尊重自然的前提下適度作為，實現人與自然的長久和諧。

如今，還是有人想突破生命的自然法則，打著「長生不老」的旗號，想用冷凍技術留住垂危的生命。可他們忽略了：冷凍只是第一步，安全解凍和復蘇才是真正的難題。從邏輯上看，個體永生本來就是個悖論。就算科技發展日新月異，人類連從無機物中人工合成有機物都還很困難。有人幻想用無機物合成食物，好擺脱殺生的困境，可就算選擇吃素，也不能確定植物就沒有生命感知。這麼一想，這種想法恰恰暴露了人類面對自然規律時的無能為力。

體用相生，道蘊無間

老子説「無欲以觀萬物之生，有欲以觀萬物之成」——觀察生命的本真得放下功利心，探究事物的功用與價值就離不開目的性思考。比如一輛頂級豪車，要是對駕駛者來説毫無意義，它再卓越的性能也是白搭。中國汽車工業的發展歷程就是個例子：只有在實際使用中，人們才會對動力、安全等性能產生具體需求，工具的價值在被「使用」的過程中才得以實現。

《道德經》中「有生於無」的論斷，深刻揭示了萬物的本質。手中的筆作為「有」的存在，看似實實在在，其實也有限制。它被定義為「黑色」的同時，也否定了無數種其他顏色，這些無限的否定共同限定了它的有限屬性。要是追問這些否定的源頭，就會發現如果每個屬性都有專屬的「無限否定性」，那這些「否定性」本身又成了新的限制。這看似矛盾的思考，恰恰指向了「無」的哲學本質——超越一切具體規定、孕育萬物的根源。

「無」並不是虛無，而是蘊含無限可能的「道」的具體表現。就像一幅畫的精彩，不只是靠墨色勾勒，留白處的想像空間也很

悟道德2

重要；一座建築的精妙，不只是靠磚石堆砌，中空形成的實用空間才是關鍵。

作為萬物本源的「無」，無形、無聲、無質，老子用「夷」（不可見）、「希」（不可聞）、「微」（不可觸）來描述，它那難以形容的特質稱為「玄」。意識到世間萬物都源於「無」，就引出了「一」的概念，象徵宇宙本源的唯一性和統一性。「無」包容萬物、無所不在，它的宏大無垠讓「大」的概念應運而生。

「玄」「一」「大」「無」「道」這五個核心概念，看似各自獨立，其實是從不同角度描述同一個宇宙終極實在。「無」是萬物本源，「玄」形容它的神秘莫測，「一」強調其統一性，「大」彰顯其無限性，「道」是萬物生發、運行的根本法則。它們共同搭建起道家哲學的核心框架，也提醒我們：真正的智慧不是對外界無窮無盡地探索，而是向內洞察萬物同源的本質。

言意之辨，道超名相

年輕的時候讀這些內容，滿腦子疑惑，覺得自相矛盾。反反覆覆琢磨之後才明白，這正是道家智慧的精妙之處。老子並不是否定哲學表達的可能性，而是提醒我們：想用明確的概念去定義「道」這個終極實在，肯定是片面的。不過，這也不意味著哲學思考能脫離語言——人類的思維與表達，始終受到語言框架的制約。

老子的超越性體現在對「名之」和「謂之」的區分上。「名之」是用固定概念去定義，「謂之」只是指向性的描述。我們沒法用一個詞語完全定義「道」，卻可以用「玄」來形容它的幽深玄妙。

「玄之又玄，眾妙之門」說的就是這個意思：我們得不斷突破語言的表面，才能接近真理的本質。

虛實相生，無用大用

從「無」到萬物的演變，更能看出道家思想的深刻。老子拿器物打比方：「三十輻共一轂，當其無，有車之用。埏埴以為器，當其無，有器之用。鑿戶牖以為室，當其無，有室之用。」車輪的中空、陶器的內腔、房屋的門窗，這些看似「無」的部分，恰恰是器物發揮作用的關鍵。

就拿礦泉水瓶來說，如果瓶身是實心的，設計得再精美也沒法盛水。可見，「無」賦予了「有」實用價值，這不只是物理現象，更是世界的本質——看似虛無的部分，往往蘊藏著關鍵力量。

《道德經》中「天下之至柔，馳騁天下之至堅」這句話，常常讓人困惑。有人把「至柔」理解成水，但仔細想想：要是瓶子密閉，水根本穿不過堅硬的瓶壁，這跟「馳騁至堅」就矛盾了。只有把瓶子傾斜，創造出口徑，水才能流出來。所以，這裡的「至柔」不是具體的水，而是抽象的「無」——只有「無」才是萬物發揮作用的關鍵。

理解了「至柔」的真實含義，再看「反者道之動，弱者道之用」就豁然開朗了。《道德經》中「柔弱勝剛強」「強梁者不得其死」「堅強者死之徒，柔弱者生之徒」等說法，跟現實中強者壓制弱者的現象好像不太一樣。比如孔子見老子的時候，老子張開嘴，拿柔軟的舌頭和堅硬卻容易脱落的牙齒打比方，好像是在佐證柔弱更持久。

但其實「柔弱勝剛強」並不是簡單的強弱較量。它真正的智慧在於：做事得留餘地，給「無」留出空間。就像蓋房子一定要設置門窗，車輪一定要有中空的部分，這些看似「無用」的空間，賦予了事物長久的生命力。要是做事不留退路，把空間填得滿滿當當，就像實心的瓶子無法盛水一樣，很難持續發展。這就是道家思想中「柔弱」蘊含的深層哲理——學會留白，尊重「無」的力量，才是順應天道的生存之道。

有無相濟，道寓萬物

《道德經》洋洋灑灑五千言，其核心思想可以歸納為：世間萬物都是以「無」為根基來發揮效用。書中各種哲理，最終都指向這一根本原理。比如「企者不立，跨者不行」，形象地說明任何事物想要真正發揮作用，都離不開「無」這個關鍵前提。

經常有思維靈活的人提出質疑：「鍾子看起來是實心的，哪裡有『空』？」不妨想像一下敲釘子的場景：我們得先把鍾子高高舉起，讓它和釘子之間留出距離，再用力揮下去。這段看似虛無的空間，正是鍾子積蓄動能、產生衝擊力的關鍵；要是沒有這個「空隙」，鍾子根本沒法把力量傳遞給釘子。可見，就算是最紮實的工具，它發揮效用也得依靠「無」。這就好比車輪因為中空才能轉動，房屋因為有門窗才適合居住——「無」雖然看不見摸不著，卻是萬物得以運轉的根基。

留白守中，道濟天下

《道德經》蘊藏的哲學，不單單道破宇宙運行的奧秘，更為生活與管治提供實用指南。它的核心概念可以歸納為「留白」——無論是個人修身養性，還是國家治理層面，懂得保留餘地，纔是

悟道德2

長久發展的關鍵所在。

在日常生活裡，「留白」智慧可謂無處不在。王弼就曾說：「窮一家之量，不能全家；一國之量，不能成國；窮力舉重，不能為用。」那些急於求成、什麼都想一把抓的人，往往累垮自己，反而難以長久。歷史上多少「眼看他起高樓，眼看他宴賓客，眼看他樓塌了」的故事，究其原因，都是當事人看不清自己的能力邊界，不懂得「留白」的妙處。現代不少人就像停不下來的陀螺，日程被各種事情塞得滿滿當當，看似把一切都安排得明明白白，其實失去了調整的空間，不知不覺就耗盡了精力。諸葛亮早就提醒過，身居高位的人更要清楚，自己的一舉一動都關係重大；要是只顧著謀私利，最後肯定會因為格局太小而砸了自己的飯碗。「鞠躬盡瘁，死而後已」可不只是道德要求，更是生存智慧，告誡我們處於高位時，得跳出個人得失，為更大的責任騰出空間，在能力和責任之間找到平衡。

「留有餘地」這套智慧，同樣適用於教育和國家治理。在教育界，填鴨式教學就像給莊稼施肥過量，最後只會把苗「燒」壞，扼殺學生的創造力。我自己就有過親身經歷，之前讀了好多心理學書籍，越讀越迷茫，直到接觸道家思想，才終於找到人生方向。這讓我深深體會到，無論是個人成長，還是教育實踐，都得給心靈「留點空」。

談到治國理政，道家說的「無為」，可不是讓統治者擺爛。理想的統治者就該像《韓非子》說的那樣，善於借眾人之力、集眾人智慧；領導者「無為」，創造寬鬆環境，讓下屬「有為」，盡情發揮所長。「無為而治」的精髓，就在於減少不必要的干預，讓社會按自身規律自然運轉。

悟道德2

儒道互補，道正人心

我們的文化血脈裏，儒家的仁愛與擔當早已如根系般深植，成為無需多言的精神底色。它教會我們何為責任、何為道義，讓「推己及人」的溫暖流淌在每一次將心比心的選擇裏。而今天，當我們翻開《道德經》，並非要動搖這份根基，而是想在儒家構築的精神地基上，為生命搭建一座通向更高境界的瞭望塔——讓道家的智慧，成為現代人在紛繁世界裏安心立命的密鑰。或許我們都曾有過這樣的時刻：在功利的浪潮中感到迷失，在原則與現實的碰撞中陷入困惑，在無盡的欲望裏耗盡心力。此時，道家思想恰似一汪清泉，洗去我們靈魂上的塵埃。它不講對錯的苛責，卻教會我們在「自知者明」中看見真實的自己——那些隱藏的弱點、未被察覺的執念，原來才是生命真正需要面對的課題；它不說競爭的優劣，卻在「自勝者強」中揭示：真正的強大，從不是戰勝他人的光鮮，而是征服自我的勇氣。當我們在「知足者富」裏學會與欲望和解，在「知止不殆」中懂得為人生留白，便會發現，道家的智慧從不是讓人消極避世，而是以更通透的眼光，看見生活的本質。

有人擔心道家的「圓通」會讓人失去棱角，卻忽略了這份「圓通」的前提，是對「道」的深刻領悟。它不是和稀泥式的妥協，而是歷經世事之後的從容——就像流水，遇方則方，遇圓則圓，卻始終堅守著向下的溫柔與力量。這種智慧，恰恰能補儒家之剛，讓我們在堅守原則時多一份靈活，在承擔責任時少一份偏執。當儒家的「入世」情懷遇見道家的「出世」超脫，生命便有了剛柔並濟的張力：既可以像孔子那樣「知其不可為而為之」，亦能如老子所言「夫唯不爭，故天下莫能與之爭」。

悟道德2

在這個價值觀多元的時代，我們比任何時候都需要這樣的精神平衡。儒家早已教會我們如何在人間行走，而道家，則在更高的維度上，指引我們如何與自己相處、與世界和解。它讓我們懂得，真正的成熟不是變得世故，而是在看透生活的複雜後，依然選擇以「不失其所」的篤定，在自己的位置上活得安適；真正的智慧不是精於算計，而是在「死而不亡者壽」的覺悟中，明白精神的豐盈才是生命永恆的財富。

這本書對《道德經》的深度探討，正是希望將這份被時光淬煉的智慧帶到你面前。它不是要取代儒家的根基，而是想告訴你：在早已融入骨血的仁義禮智信之外，還有一種更廣闊的天地——那裏有對自我的深刻洞察，有對欲望的清醒克制，有對天道的謙卑順應。當我們在道家思想中找到屬於自己的安身之道，便能在儒家奠定的道德地基上，建造起更具韌性的生命居所：

進，可持儒家之剛而勇毅前行；退，能守道家之柔而從容自洽。

這或許就是中國文化最動人的地方：儒道如同陰陽兩極，缺一不可。但此刻，我們更想輕輕翻開《道德經》，讓那些穿越千年的箴言，如春風化雨般浸潤你的心靈——讓你在喧囂中聽見內心的聲音，在迷茫時找到歸航的方向，在與世界的周旋中，既保有儒家的溫度，更獲得道家的澄明。畢竟，真正的安心立命，從來都是讓不同的智慧在生命裏和諧共生，而道家的光芒，正為這份共生增添了不可替代的深邃與超脫。

悟道德2

▲生活笑聲叩玄門，煙火處體道之妙。

悟道德2

後記：道家智慧照亮生命的迷途

當我踏上香港這片土地參與節目錄製時，內心既忐忑又欣慰。令我驚喜的是，越來越多朋友開始關注道家思想這座精神寶庫。在與觀眾朋友們交流過程中，我深刻感受到現代人對生命本質的探求從未停歇，正如《莊子．秋水》所言「井蛙不可語於海者，拘於虛也。」當代社會物質豐裕卻心靈困頓的現狀，恰似被困在井底的蛙兒。作為修道之人，我始終謹記《道德經》上士聞道，勤而行之的教誨，通過《悟道德》系列圖書出版，試圖搭建一座連接古老智慧與現代生活的橋樑。在此，我想以更貼近生活的語言，與諸位分享三個重要體悟：

第一盞明燈：
經典閱讀是心靈的居所

在這個信息爆炸的時代，我們比任何時候都需要「擇食而食」的智慧。古人所言開卷有益，實則暗含著「開正卷方有益」的深意。就像現代人注重膳食營養搭配，我們的精神食糧同樣需要精心調配。當代青年既需要科技知識的「蛋白質」，更需要人文經典的「維生素」。王陽明在龍場悟道時手不釋卷，正是《大學》、《壇經》、《周易》等經典為他提供了突破困境的精神養分。我在《悟道德》中分享的養心功夫，實質是將這些精神食糧轉化為現代人可吸收的營養片劑。

第二面明鏡：

在生活與經典間照見本心

人生如同立體書，需要三重視角的解讀：其一是柴米油鹽的日常記錄，其二是悲歡離合的情感日記，其三是叩問生命的哲思手札。現代人常陷入知識焦慮，實則是將生活這部大書讀成了流水帳。道家智慧教我們像庖丁解牛般以神遇而不以目視，當我們用《道德經》致虛極，守靜篤的心境重讀生活，那些職場壓力、人際困擾都會顯現出新的維度。就像顯微鏡能讓我們看見細胞的律動，經典閱讀正是為我們配備觀察生命的精神顯微鏡。

第三座燈塔：思想探索永無終點站

在智慧求索的航程中，沒有永遠的導師，只有不斷前行的同路人。這讓我想起蘇格拉底的產婆術教學——教師不是知識的搬運工，而是思想分娩的助產士。當我講解《清靜經》時，常有觀眾提出令人耳目一新的見解，這正印證了《周易》窮則變，變則通的真理。就像生物學中的共生現象，師生關係本該是智慧生長的共生體。那些在節目留言區與我辯論的朋友，何嘗不是在為這座精神燈塔添磚加瓦？

臨筆之際，耳畔迴響起張道陵祖師的教誨：「修道如春園之草，不見其長日有所增。」在這個充滿變數的時代，願我們都能以經典為鋤，以思考為種，在各自心田培育出接天連地的智慧之樹。當風起時，願每片樹葉的私語都能匯成天地大道的交響。

福生無量天尊！

悟道德2

作者：易烊楓燧（大師兄）

版面設計：姜大衛

出版社：星島雜誌集團有限公司

地址：香港新界將軍澳工業村駿昌街七號星島新聞集團大廈四樓

電話：(852) 3181 3588

傳真：(852) 2110 4209

承印：嘉昱有限公司

發行：泛華發行代理有限公司

出版日期：2025年7月

定價：港幣138元

國際書號：ISBN 978-962-348-567-8